ESTIMULADA

RANCHO STEELE - LIBRO 1

VANESSA VALE

Derechos de Autor © 2017 por Vanessa Vale

ISBN: 978-1-7959-0082-9

Este trabajo es pura ficción. Los nombres, personajes, lugares e incidentes son producto de la imaginación de la autora y usados con fines ficticios. Cualquier semejanza con personas vivas o muertas, empresas y compañías, eventos o lugares es total coincidencia.

Todos los derechos reservados.

Ninguna parte de este libro deberá ser reproducido de ninguna forma o por ningún medio electrónico o mecánico, incluyendo sistemas de almacenamiento y retiro de información sin el consentimiento de la autora, a excepción del uso de citas breves en una revisión del libro.

Diseño de la Portada: Bridger Media

Imagen de la Portada: Period Images; BigStockPhotos- Victoria Andreas

¡RECIBE UN LIBRO GRATIS!

Únete a mi lista de correo electrónico para ser el primero en saber de las nuevas publicaciones, libros gratis, precios especiales y otros premios de la autora.

http://vanessavaleauthor.com/v/ed

1

ORD

"Mierda".

La palabrota se me escapó al verla. No había otra palabra para esto. Era *demasiado* hermosa y yo estaba *demasiado* jodido. Había esperado que las fotos que había visto de ella no fueran ciertas. Que su cabello no fuera una sombra roja ardiente. Que sus rizos no se fueran a enrollar en mis dedos cuando la sostuviera para besarla. Que no tuviera un rocío de pecas en su nariz. Ni senos grandes, caderas redondas o un trasero precioso.

No, con solo un vistazo a las fotos que mi investigador me había enviado ya me había puesto duro como una roca. Era perfecta. Y cuando le mostré las fotos a Riley, asintió en señal de aprobación. No hicieron falta las palabras.

Y ahora que estaba de pie frente a mí con su vestido floreado de verano, sus hombros descubiertos, excepto por dos pequeños y delgados tirantes que sostenían su atuendo, estaba total y completamente jodido.

Porque era mía. Mía y de Riley. Esta mujer, la primera hija de Steele en ser encontrada y venir a Montana, fue verdaderamente reclamada por nosotros. Solo que ella no lo sabía todavía. Y todo lo que le dije fue "mierda".

Y por supuesto, con esa única palabra, lo había arruinado. Se asustó y me miró con sorpresa y con un indicio de miedo en sus ojos. Cuando dio un paso atrás y miró alrededor del área de reclamo de equipaje en busca de una vía de escape o alguien que la ayudara, apreté la mandíbula.

Sí, conseguía eso a menudo. Yo era un gran hijo de puta, pero *nunca* la lastimaría. Había pensado en cómo sería la primera vez que nos conociéramos y no había sido como esto.

La había escaneado. La había asustado. Lo bueno es que me estaba mirando a la cara y no se dio cuenta de la forma en que mi pene estaba presionando dolorosamente contra el cierre de mis pantalones. Seguramente que *eso* la hubiese asustado porque estaba grande. Por todos lados. Esperaba con ansias el momento en que supiera lo grande que era, introduciendo cada gruesa pulgada dentro de su pequeña y caliente vagina.

No era una mujer pequeña; me llegaba a la mejilla con sus sandalias elegantes, que eran inútiles en una hacienda de Montana. Eran jodidamente sensuales y pensé en cómo se sentirían esos pequeños tacones cuando se enterraran en mi espalda mientras le subía el borde de ese vestido tan coqueto y la follaba. Sí, mi pene no iba a bajarse pronto. No hasta que me hundiera en ella. Descarté esta necesidad inmediatamente. Como si fuera posible. Esta… afición que tenía por ella nunca iba a desaparecer.

Así que la erección se mantuvo. Si viera lo que me había provocado, saldría corriendo.

Estimulada

Eso era lo último que quería. Quería tenerla tan cerca como fuera posible. Tan cerca que pudiera estar dentro de ella hasta los huevos.

Me aclaré la garganta, me quité el sombrero, lo recosté contra mi muslo y me cubrí con el borde. Traté de sacar mi mente de la jodida miseria. Sí, quería hacerle todo tipo de cosas sucias, desordenar ese lápiz labial —demonios, verlo cubrir la longitud de mi pene—, pero eso sería después. Ahora, tenía que evitar que corriera hacia el oficial de seguridad más cercano del aeropuerto. Tenía que ser un caballero, incluso, cuando quería ser todo menos eso.

"¿Kady Parks?", pregunté, levantando la mano en frente de mí como si me estuviese rindiendo ante ella. Quizás lo estaba, porque entre la llamada y las siguientes tres semanas anteriores, pasé de ser un soltero feliz a ser suyo. Irrevocablemente. Al verla en las fotos del investigador —ella saliendo de la escuela y hablando con otros pocos estudiantes, llevando una bolsa de comestibles a su carro, llevando una esfera de yoga y dirigiéndose al local— me había dejado fuera para todas las demás. No tenía idea de qué era lo que había en ella, pero no había vuelta atrás.

No me estaba quejando. Ni un poco. Quise establecerme con alguien por un tiempo, pero nunca había encontrado a *la indicada*. Pero desde que mi investigador jefe me envió sus fotos, mis fantasías habían sido colmadas por ella y solo ella. Ninguna otra mujer lo haría nunca más. Me dolían los testículos por pensar en agarrarla, tirarla por encima de mi hombro y llevarla a mi casa y tenerla en mi cama hasta que pudiera saciar mis ganas de ella. Mi cerebro —el cual no estaba recibiendo ningún suministro sanguíneo desde que se me había acumulado toda en el sur de mi cinturón— estaba tratando de decirme que me calmara. Ella sería mía. Solo tenía que decir algo más que "mierda" únicamente.

"Sí", respondió. Su voz era suave, melódica y perfecta para

ella. Como había imaginado que sería. Sin embargo, tenía un temblor de miedo, y por haber puesto la mirada en sus ojos y en el sonido de su voz, tenía que arreglarlo.

Le di una sonrisa pequeña, y con suerte un reconfortante: "Soy Cord Connolly".

El miedo se derritió en su rostro como la nieve en julio — se fue tan rápidamente como había venido. Reconoció mi nombre, sabía que era parte de su comité de bienvenida.

"Eres grande". Se cubrió la boca con la mano; sus ojos se ensancharon por la sorpresa. "¡Lo siento! Seguro que sabes eso", jadeó, las palabras se apagaron por sus dedos sobre sus labios. La vergüenza le tiñó las mejillas de un bonito color rosado.

Me reí entonces, me llevé la mano a la parte de atrás del cuello. "No te preocupes. Soy grande".

Dejó caer la mano, pero aún tenía que superar su mortificación ya que su mirada se movió hacia todas partes, excepto por la mía. "¿Fútbol profesional?".

Meneé la cabeza lentamente. "Universidad. Pude haber sido profesional, pero en vez de eso escogí un camino diferente".

Ladeó la cabeza a un lado; su cabello caía sobre su hombro desnudo. Estaba hipnotizado mirándolo, celoso de una hebra de cabello rebelde que frotaba su pálida piel. Tuve que preguntarme si se mantenía lejos del sol o si utilizaba protector solar.

Y eso me hizo pensar en untarle loción por todo su cuerpo. Sin dejar una sola pulgada de su cuerpo. Me aclaré la garganta. "Ejército".

"Oh, qué bien. Gracias por tu servicio".

Asentí levemente, no solían agradecerme mucho por lo que había hecho. Había sido un trabajo, uno que había hecho bien y antes de salir, empecé mi propia empresa de seguridad. Mi pasado no era tan emocionante, así que cambié el tema. "Riley Townsend también está aquí, estacionando la camioneta". Señalé con la cabeza hacia las puertas corredizas por las que había entrado. "Disculpa que hayamos venido a buscarte tarde".

Sonrió y yo ahogué un gruñido. Sus labios estaban llenos de brillo labial. Algo rojo. O ciruela. Algún color con nombre de chica. Era tan femenina, un marcado contraste para mí. Delicada. Frágil. Con doscientas cincuenta libras, yo era un neandertal en comparación a ella. No. Un cavernícola. La forma más baja de un hombre que encontró una mujer y que quería llevársela al hombro y meterla en su cueva. Para tenerla. Reclamarla. Marcarla.

"No hay problema. Mi vuelo llegó temprano".

Me aclaré la garganta otra vez, pensando en cómo quería marcarla, mi semen goteando de esos labios exuberantes o quizás llenándole el vientre o los senos. Chorreando de su vagina hacia sus muslos. O marcando su virgen trasero. Oh, sí, ese pequeño orificio todavía tenía su cereza. Con solo mirarla estaba seguro de eso. De ninguna manera alguien podría haber reclamado ese regalo todavía.

No dije nada. No podía. No tenía palabras. Ni actividad cerebral. Nos quedamos ahí de pie, mirándonos fijamente. No podía quitarle la mirada. No podía creer que fuese real. Toda melocotones y crema para la piel y aroma cítrico. Estaba aquí. Iba a ser mía. *Nuestra*. Solamente no tenía que arruinarlo.

Mierda. Esta vez, me guardé la palabra. Seguía pensando *mía, mía, mía*, como un canto. Un récord roto. Apreté los dedos en un puño para evitar llegar a acariciar su cabello sedoso, deslizando mis dedos por la línea larga de su cuello, alrededor de su delicada clavícula que se asomaba por debajo de los tirantes de su vestido.

Otros pasajeros pasaron alrededor de nosotros. Un niño cansado lloraba desde un coche en que era llevado. El mensaje automático de seguridad salió de las cornetas escondidas. Nadie sintió la electricidad que pasó entre nosotros. La forma en que el aire crepitó con necesidad. Deseo. Atracción instantánea.

Ella no era inmune. Definitivamente, estaba sorprendida. Si la forma en que sus pezones estaban presionando, como dos borradores de lápiz, contra la delgada tela de su vestido fuera alguna señal, entonces le gustaba lo que veía, quizás un poco más de lo que había esperado. Solo tenía que preguntarme si su vagina estaba impaciente por mí.

"Aquí estás".

La voz de Riley rompió el hechizo y Kady se volteó a mirar a mi amigo que se acercaba. A *su* marido que se acercaba. Sí, íbamos a ser sus esposos. No solo Riley. Los dos. Raro, sí, pero no me importaba una mierda. La reclamábamos. No era como si lo fuéramos a mencionar en ese momento, pero si la íbamos a llevar a la cama y hacerle todas las cosas que tenía pensadas —y algo más—. Finalmente, ella tendría nuestro anillo. No le faltaríamos el respeto de esa forma.

Kady observó a Riley mientras se acercaba. La cálida sonrisa que tenía en el rostro era la usual, pero como su mejor amigo, sabía que el salto en su paso era porque estaba tan ansioso como yo por conocerla. Como venía manejando y tuvo que estacionarse, yo había tenido suerte y la encontré primero.

"Kady. Estoy muy contento por conocerte finalmente, después de todos los correos y las llamadas. Riley Townsend".

Riley se acercó y tomó su mano, la sacudió, y después no la dejó ir.

Cortésmente, ella sonrió de modo automático, pero vi cómo se encendió su mirada cuando lo tocó. Sí, estaba interesada. Jodidas "gracias". Si Riley y yo queríamos una relación que encajara para la mayoría, yo iba a estar celoso por la forma en que Kady estaba tomando cada centímetro de él. Su cabello rubio, sus ojos azules, sonrisa furtiva. Él era casi tan alto como yo, estaba esculpido como un atleta, no como un futbolista. Él no la asustaba.

No, ella ni siquiera se había dado cuenta de que él todavía estaba sosteniendo su mano.

"Ustedes dos sí que se comieron sus vegetales cuando eran niños", comentó, con un tono de humor en sus palabras y curvando la comisura de sus labios. Sus ojos brillaron.

"Sí, señorita", respondió Riley, dándole su sonrisa pícara que hacía que a las mujeres se les cayeran las bragas.

"¿Ya llegaron las otras?", preguntó, mirando alrededor.

No era inmune a los encantos de Riley, pero era una señorita como para quitarle las bragas. Incluso, aquí en el aeropuerto.

"¿Tus hermanas?", pregunté, deseando que me mirara. Lo hizo y juré que pude ver manchas de oro en sus pupilas a lo largo del verde esmeralda.

"Hermanastras", aclaró Riley, aunque yo era muy consciente de la diferencia. "Si bien hemos encontrado a cinco de ustedes, las cinco hijas de Aiden Steele que han heredado acciones iguales de su rancho y de sus bienes, solo hemos sido capaces de contactar a tres".

"Ese es mi trabajo. Contactar a las otras dos como te encontré a ti", agregué.

"Y como el abogado del Estado, soy el chico del papeleo", Riley se dio una palmada en el pecho. "El que te preparó los documentos para que los firmes".

"Todavía no puedo creer que esto esté pasando. Que estoy aquí".

Sus dedos juguetearon con la correa de su bolso. Estaba nerviosa, aunque lo manejaba bien. No por nosotros, sino porque había descubierto que tenía un padre a quien nunca había conocido, que falleció y le dejó una gran herencia y cuatro medias hermanas. Yo también estaría un poco asustado.

"Tuve suerte. Estoy de vacaciones de verano de la escuela y pude venir".

"Suerte para nosotros", comentó Riley, fijando su mirada en cada centímetro de ella. Se sonrojó otra vez y observé cómo el color se deslizaba por su cuello y por debajo de la línea del cuello de su vestido. ¿Qué tan lejos habría ido?

Fue entonces cuando se acordó de su mano y la retiró de la mano de Riley.

Fruncí el ceño. Sí, estaba celoso de él porque había conseguido tocarla. Apuesto a que su piel era suave. Sin cayos en la palma de su mano. Su mano también era muy pequeña. Era tan jodidamente...frágil.

"No puedo creer que tenga medias hermanas de las que nunca supe. ¿Ningún medio hermano?".

Riley meneó la cabeza. "Ninguno que hayamos encontrado como Steele" –Riley se aclaró la garganta—, "nos movimos".

Aiden Steele había sido un mujeriego. Nunca se casó, había vivido una vida de soltero. Una salvaje vida de soltero. De seguro que yo no era un monje, pero al menos usaba un maldito condón, cada maldita vez, en vez de tener una sucesión de mujeres embarazadas por todo el país. Él se había acostado con ellas y las había dejado. A cada una de ellas.

Kady se sonrojó otra vez. Sabía por su expediente —por la información que mi equipo había recolectado de ella— que tenía veintiséis años. No era una virgen santurrona, pero era una maestra de escuela. Segundo grado. No se acostaba con cualquiera. Tuvo dos relaciones amorosas largas que fuimos capaces de encontrar. No era una fiestera salvaje. No fumaba, no consumía drogas. Era inocente, distinta de lo más bajo de la sociedad, que yo conocía muy bien. Mis manos estaban manchadas con eso. Con las crueldades del mundo. Al ver su sonrisa, su naturaleza suave, supe que ninguno de esos la había tocado alguna vez. Era nuestro trabajo asegurarnos de que permaneciera así.

Pero su padre...

"No nos quedemos aquí", dijo Riley, cortando mis pensamientos. "Has tenido un largo viaje y estoy seguro de que estás cansada. ¿Estas son tus maletas?", preguntó Riley, caminando hacia las dos maletas grandes que estaban al lado de ella. Cuando confirmó que eran suyas, él levantó las manijas y nos guio hacia afuera del área de equipaje, arrastrando las dos detrás de él.

"Aquí. Déjame llevar la otra", dije, acercándome para agarrar el equipaje de mano que llevaba en los hombros. Estaba pesado; era fácil para mí, pero había sido una carga fuerte para ella. Seguimos a Riley pasando por las puertas corredizas hacia afuera, donde estaba el sol brillante.

"¿Ya habías venido a Montana?", pregunté, caminando por la acera junto a ella y hacia el estacionamiento. Cuando parecía que una Van del hotel no iba a bajar la velocidad, me detuve y le di una mirada al conductor mientras empujaba con mi mano a Kady desde su pequeña espalda. *Bien hecho, cabrón. Estoy cuidándola a ella ahora.*

"No. Es la primera vez. De hecho, nunca había estado en el Oeste. Filadelfia está lejos de aquí". Miró a las montañas en la distancia. "De verdad que es la ciudad del Cielo Grande".

El aeropuerto Bozeman estaba ubicado en un valle; las Montañas Bridger estaban al norte; las otras cordilleras pequeñas estaban más lejos, pero ofrecían una vista espectacular, especialmente para alguien que nunca antes había visto algo parecido.

Riley había bajado la puerta trasera de su camión y yo llevaba las maletas mientras caminábamos. Le abrí la puerta del pasajero.

"Yo he estado en Pensilvania. Hay muchísimos arboles", comenté.

"Sí, hay muchos árboles". Miró el asiento y después a mí. Se rio. "¿Cómo me subo hasta ahí?".

Para mí estaba bien la cabina de la camioneta de Riley. Solo tenía que poner un pie en el estribo y ya estaba adentro. Pero para Kady, delgada, con su vestido bonito y con tacones, la doble cabina estaba lejos. Especialmente con lo alta que la había puesto Riley. Puse mis manos en su cadera —jodidamente pequeña; las yemas de mis dedos tocaron su columna— y la levanté hasta el asiento. Prácticamente, no pesaba nada, estaba cálida y suave a través de su delgado vestido.

Su jadeo de sorpresa hacía que se elevara su pecho y el aumento suave de sus senos por encima del escote en V de su vestido captó mi atención. Lentamente miré su rostro y me di cuenta de que había sido descubierto. Entre el tono rosado de sus mejillas y la forma en que sus ojos se oscurecieron, no parecía importarle.

Mi mirada se detuvo en sus labios que estaban un poco separados, como si estuviera respirando por la boca. Jadeante. Todo lo que debía hacer era inclinarme unas cuantas pulgadas y estaríamos besándonos. Lo deseaba más que mi próxima respiración. Ella lo deseaba. No se estaba moviendo, no se estaba alejando de mí. Pero cuando Riley abrió la puerta del conductor y se subió al auto, el hechizo se había roto. De nuevo.

Maldición. No se suponía que fuera a ser un aguafiestas.

Sacudido por mis pensamientos de cómo sabría ella, agarré el cinturón de seguridad, lo estiré sobre su cuerpo y lo puse en su lugar.

Di un paso atrás y cerré la puerta.

A pesar de que la camioneta de Riley era grande, por tener una segunda cabina completa, con suficiente espacio como para un equipo de leñadores o un chico de seguridad exmilitar del tamaño de un tanque Sherman, siempre me había negado a sentarme ahí. Hasta ahora. Ahora, quería poder ver a Kady mientras íbamos camino al rancho tanto como quisiera. Podía estudiar su perfil, ver las expresiones de su rostro, la forma en que sus senos se movían por las pendientes o huecos en el camino.

"¿A dónde nos dirigimos?", preguntó cuando Riley salió del estacionamiento y se subió a la autopista hacia el oeste.

"Al Rancho Steele. Tu nuevo hogar".

No por mucho. Si fuera por nosotros, en vez de eso estaría en nuestras camas, en nuestra casa. Probablemente, había heredado un pedazo considerable de la historia de Montana, pero aun así sería nuestra.

2

ADY

Oh. Dios. Mío.

¡Esto era una locura! ¿A dónde se había ido mi pequeña e inexistente vida? ¿Cómo se había convertido en esta locura en tan solo un mes? La lista de cambios era larga.

Heredé un rancho de un padre que nunca supe que existía. Listo.

Heredé cuatro medias hermanas para agregar a la que ya tenía. Listo.

Viajé hacia el otro lado del país. Nunca antes lo había hecho. Listo.

La primera vez que recibí una carta certificada de un abogado de Montana había quedado atontada por lo que revelaba. Cuando hablé con él por teléfono, me tranquilizó. Y estuve emocionada por venir aquí.

¿Pero ahora?

Sentada en una camioneta *pickup* de asientos enormes

con dos hombres increíblemente atractivos, estaba más que asustada. Debían de tener un perfume de feromonas o algo así porque en el segundo en que puse la mirada en Cord Connolly en la zona de recogida de equipaje, mi corazón se había detenido. Sí, esto me asustó por un momento, pero nunca había visto a un chico tan viril, tan fuerte. Había escuchado sobre esa sensación, cuando tu corazón tambalea, te sudan las palmas de las manos y tu cerebro, literalmente, deja de funcionar en frente de un chico.

Eso nunca me había pasado. Nunca. Hasta ahora.

Cord Connolly había hecho que mi cerebro se descompusiera, mis pezones se endurecieran y que mis bragas se humedecieran, todo entre una respiración y otra.

Era grande. Dios, lo solté sin más y eso me hizo quedar como una tonta. Como si Cord no supiera que era grande. Un apoyador de fútbol, pero sin el exceso de grasa. Un jugador de rugby australiano. Eso era. Había visto un juego por televisión satelital y esos chicos eran grandes. Densos. Sólidos. Exquisitos.

Esos atletas golpeaban cada uno de mis puntos calientes, y así lo hizo Cord Connolly. Incluso, algunos que nunca había sabido que tenía.

Cord no era australiano. No, él era *todo* un vaquero de Montana. Desde su sombrero de vaquero hasta las puntas duras de sus botas de cuero. Aun así, era un caballero.

Excepto por la forma en que me miró. *Eso* no fue de un caballero, en lo absoluto. Y por alguna extraña razón, yo estaba perfectamente bien con eso. Quería que me mirara con pensamientos sucios flotando en esa preciosa cabeza que tenía.

Porque yo estaba teniendo pensamientos muy sucios con él también.

¡Ah!

Deslicé mis palmas húmedas sobre mis muslos,

arreglando arrugas inexistentes de mi vestido. Estaba a dos mil millas lejos de casa, en vía a Dios sabía dónde, con dos vaqueros atractivos. "Si mis colegas maestras pudieran verme ahora", murmuré, acercándome para ponerme el pelo salvaje por detrás de las orejas.

"¿Mucho viento?", preguntó Riley. "Puedo cerrar las ventanas".

Lo miré, negué con la cabeza. "No, la brisa se siente bien. No puedo creer lo hermoso que es este lugar".

Había apenas unos escasos árboles que aparecían en la hermosa vista. Nada más que la llanura de la pradera verde dividida a la mitad por el camino recto de dos carriles ahora que habíamos salido de la carretera. Había montañas cubiertas de nieve en la distancia. Morado contra el azul brillante del cielo. Y todo parecía seguir y seguir.

"¿Tú enseñas segundo grado?", preguntó Riley.

Tenía la sensación de que ya lo sabía —sabían mucho de mí porque tuvieron que rastrearme— mientras que yo apenas sabía algo sobre ellos. Pero él estaba intentando hacer una pequeña charla y yo apreciaba eso.

"Sí. La escuela terminó la semana pasada por el verano. Me dan ocho semanas de vacaciones. Pensé que las iba a pasar dando clases particulares fuera de casa, no en Montana". Giré la cabeza para ver el perfil de Riley. "Aunque tú sabías todo eso porque tú organizaste mi viaje".

Quitó los ojos de la carretera por un segundo y esa mirada azul pálida me hizo suspirar. Rubio, ojos azules. Bronceado. Líneas de risa alrededor de su boca y sus ojos. Le calculaba unos treinta años. No el viejo de sesenta y cinco años con cejas blancas espesas que pensé que era. Habíamos intercambiado correos, llamadas telefónicas, pero me lo imaginaba del tipo paternal más que del tipo de fantasía. ¿Cómo podía hacerme sonrojar y sofocarme si me sentía atraída por Cord? ¿Cómo podía encontrarlos tan diferentes e igualmente atractivos? ¿Cómo podía quererlos a los *dos*?

No estaba aquí para hablar con mi abogado y su amigo. Estaba aquí por el rancho, el que era —¡mierda!— ahora mío, al menos parte de él. Junto con una gran cantidad de dinero. Por lo que había dicho Riley, si mantenía un estilo de vida razonable y usaba mi herencia con inteligencia, nunca tendría que trabajar otra vez. No más clases de tablas de multiplicar o reuniones de padres y docentes en la escuela privada lujosa. Podía trabajar con niños que lo necesitaran, en distritos escolares cuyos presupuestos solo pagaban una miseria a sus maestros.

"Cuéntanos sobre ti", sugirió Riley después de llevar unos veinte minutos en camino.

Me cambié de asiento para mirarlo directamente de frente, y si giraba la cabeza, también podía ver a Cord. "Tú eres el investigador privado", le dije a Cord. "Sabes todo sobre mí". Agaché la mirada hacia mi regazo, un poco preocupada de que fuera cierto. "Probablemente sepas qué tipo de pasta de dientes uso".

"¿La marca? No, pero me pareces el tipo de chica que usa gel". La sonrisa de Cord acompañó sus palabras, y tuve que sonreír y aguantar la respiración. Todavía se veía rudo desde la esquina, pero esa sonrisa lo suavizaba de una forma que ponía a mis ovarios a saltar de alegría. Y eso era solo con una sonrisa. Si me besara, yo…

"Dirijo una compañía de seguridad", continuó. "Nos encargamos de la protección corporativa y personal. Cuando tu padre murió…".

"Michael Parks", dije, interrumpiéndolo. "Mi padre fue Michael Parks, no Aiden Steele".

Me estudió por un momento con sus ojos oscuros. "Es correcto. Déjame ver si estoy en lo cierto. Tu mama se casó con Michael Parks cuando tú tenías dos años y él te adoptó y te dio su apellido. *Él* fue tu verdadero padre. Aiden Steele solo fue un donante de esperma".

Estaba tan feliz de que lo entendiera que las lágrimas brotaron de mis ojos. Parpadeé y se disiparon. No iba a llorar ahora, no en frente de estos dos. "Sí, es correcto", dije finalmente.

"Cuando Aiden Steele falleció, tu existencia –y la de tus medias hermanas— salió a la luz. Parece que Aiden sabía de ti, te hacía seguimiento, pero no se involucró. Solo te puso en su última voluntad. Como el abogado del Estado, Riley tenía que notificar todo acerca de ustedes como sus parientes más cercanas, como las únicas herederas de su fortuna, de su terreno. Él me pidió que las investigara a todas ustedes. Como eran cinco, contraté investigadores. El que conociste, Johnson, era solo un contratista".

"Entiendo", dije, arreglándome el cabello otra vez. Los rizos rojos nunca fueron domesticados, estaban volando salvajemente por la brisa. "Aun así te enviaba reportes. Has estado al tanto de mí hasta ahora, incluyendo la pasta de dientes".

Se encogió de hombros ligeramente, incitándome a mirar su gran masa muscular. "Me gusta aprender sobre la pasta de dientes de preferencia de una mujer de una manera distinta".

El calor me encendía las mejillas al pensar en Cord de pie en mi baño a primera hora de la mañana, exprimiendo la pasta de dientes, usando calzoncillos. O nada en lo absoluto. Porque eso significaba que habíamos pasado la noche y me había hecho todo tipo de cosas oscuras y sucias.

No se había quitado la sonrisa. Me estaba haciendo irritar a propósito. No, no haciéndome irritar. Estaba coqueteando. Y estaba funcionando, maldición.

"El resto de tu historia, me gustaría escucharla de ti", dijo, mirándome expectante. "Ya no eres solo palabras en un trozo de papel. Eres toda cabello precioso y piel pálida. Ojos verdes y un poco de fuego".

Miré hacia otro lado. Después de esas palabras, ya no lo podía ver más. "Y… yo nací en Filadelfia. Mi certificado de nacimiento tiene a Aiden Steele como padre, aunque mi apellido de nacimiento era Seymour, el apellido de mi madre. Estoy segura de que eso los hizo encontrarme fácilmente".

"Así fue".

Riley se detuvo en un semáforo, guiñando un ojo.

Los dos eran encantadores.

"Mi madre se casó cuando yo tenía dos años y tuvo a mi hermana, bueno, media hermana, Beth, tres años después". Me encogí de hombros. "Tuve una infancia normal, excepto porque nunca supe que mi padre no era realmente mi padre. Cenaba a las seis. Tocaba en una banda y tuve ortodoncia. Iba de vacaciones a la playa cada fin de semana del Día del Trabajador". Hice una pausa, sentí el dolor que nunca había desaparecido. "Cuando estaba en la universidad, murieron mis padres. Accidente de tránsito. Yo tenía veintiún años, mi hermana dieciocho".

"Lo siento mucho", dijo Riley, acercándose y deslizando sus dedos hacia abajo gentilmente en mi brazo antes de volver al volante. La luz cambió y cruzó, dirigiéndose al oeste y hacia el sol. "Eso debió ser —todavía era— duro".

Los extrañaba todos los días, pero el dolor agudo ya había pasado. Extrañaba los abrazos, el amor, sentirme en familia. Pertenecer a un lugar. "Sí. Yo…me adapté. Mi hermana estuvo peor que yo".

"El reporte decía drogas".

Presioné los labios en una línea delgada. No tenía idea de por qué había mencionado a Beth. Si Cord sabía sobre su abuso de drogas, probablemente Riley también. Aun así, ellos no necesitaban saber sobre mis cargas; apenas nos habíamos conocido. Y Beth *era* una carga.

Pero los dos se quedaron callados mientras íbamos por la vía, pacientes. Sabía que estaban esperando que hablara, que les contara sobre ella. Suspiré.

"Sí. Cuando mis padres murieron, justo había empezado a dar clases. El trabajo estaba alineado porque hice mi trabajo de asistente de enseñanza en la escuela. El nuevo trabajo me mantenía ocupada. Enfocada. Beth apenas había empezado su primer año en la Universidad y mis padres iban en camino a verla en un fin de semana para padres. Después… se retiró. No podía quedarse en la universidad. Se culpó a sí misma por la muerte de ellos. Le dije que no fue su culpa una y otra vez, pero no me creyó. Verán, ellos querían que ella fuera a la universidad del Estado, pero ella decidió irse a un lugar en Florida, quería el clima cálido. Si no se hubiese ido para allá, ellos no hubiesen muerto".

"Fue un accidente desafortunado", murmuró Riley. Luego me di cuenta de que su mano me estaba acariciando el brazo. Amablemente. Tranquilizadoramente. Lo miré y asentí.

"Lo sé. Pero nada la hacía sentirse mejor. Excepto las drogas. Le quitaron la vida. He intentado ayudar".

Suspiré otra vez, pensando en los grupos de apoyo a los que habíamos asistido juntas, los terapeutas, los centros de rehabilitación. Nada de eso había funcionado, solo me dieron falsas esperanzas. Después de cinco años, sabía que no había forma de que regresara la antigua Beth. Así como mis padres, esa Beth se había ido por siempre.

Con el incidente más reciente, el hospital me había llamado a las tres de la mañana. El vecino de Beth la había encontrado en el pasillo de su edificio, y después de haber sido estabilizada, Beth había estado de acuerdo en ir a un centro de rehabilitación. De nuevo. Por cuatro meses. Hace dos meses, tuve que tomar una segunda hipoteca de la casa para pagar los gastos. Este viaje, el hecho de que me darían algo de dinero, fue oportuno. Necesitaba un descanso de

Filadelfia, y necesitaba pagar lo que faltaba de la hipoteca. Pero no les dije todo eso a ellos. Era demasiado deprimente. Demasiado personal. Poco atractivo. También podría ponerme un saco y tener una gran verruga en la nariz por todo el interés que estos dos tendrían en mí después de escuchar todas esas cosas desagradables. No quería hablar de Beth, ni de mi pasado triste. Así que lo guardé en una caja imaginaria y cerré la tapa.

"Háblenme de ustedes", dije, poniéndome una sonrisa falsa en la cara.

Cord me estaba mirando con su mirada oscura y penetrante. Era casi desconcertante la forma en que ponía atención, como si nada más estuviera pasando a su alrededor. Para él, no había ningún paisaje que mirar. Solo yo. Con el sombrero en su regazo, pude ver que su cabello oscuro estaba corto, cuidadosamente arreglado. Un pliegue causado por el uso del sombrero corría alrededor de su cabello en forma de anillo. Todo un vaquero.

Con cejas prominentes, sus ojos eran mucho más intensos. Su nariz, una ligera curva, como si hubiese sido rota un par de veces. ¿Por el fútbol o una pelea de bar? Su rostro era ancho; su mandíbula, fuerte. Una barba incipiente cubría sus mejillas y su marcado mentón. Él era el tipo de hombre que, probablemente, necesitaba afeitarse dos veces al día… ¡Y su tamaño!

Era tan grande. Como si pudiera besarme toda. Y sus manos… Eran el plato principal. Y a pesar de que me miraba con esa paciencia tranquila e intensa, sentía que también había dulzura en él. Un gigante gentil, aunque dudaba que dejara que alguien viera eso. Por qué yo podía verlo, no tenía idea.

Quería deslizar mis dedos por su rostro, por sus hombros anchos, sentir las diferencias entre los dos. Yo tenía músculos, pero estaban escondidos bajo una capa de curvas femeninas que no iban a desaparecer, sin importar cuantas clases de spinning tomara o cuantas poses de yoga hiciera.

Riley puso las luces intermitentes y dio otra vuelta. Cada carretera seguía, por lo que pude ver, aunque eran rectas. Después de rodar una hora, todavía no tenía idea de a dónde íbamos o hacia dónde nos dirigíamos aparte del Rancho Steele. Sin embargo, la calma con que manejaba me tranquilizó. No, Riley me tranquilizó. Él no tenía la rigidez de un militar como la tenía Cord. Sus manos estaban relajadas al volante y me daba miradas rápidas e, incluso, una que otra sonrisa. Pero esa actitud casual no mostraba su inteligencia y su compleja carrera de abogado.

Mientras que al buscar a Cord en internet no había resultado —al ser un tipo de seguridad fácilmente podía esconder cualquier detalle de su vida privada o la complejidad de su trabajo—, Riley había sido fácil de encontrar. El sitio web de su firma de abogados tenía su currículum, sus estudios en Harvard y en la Escuela de Derecho de la Universidad de Denver. Figuraba su éxito en casos relacionados con los derechos del agua y el manejo de petróleo. Él era impresionante en el papel. Pero las palabras en papel no lo eran todo, tal como lo dijo Cord.

"Yo seguí los pasos de mi padre", compartió Riley finalmente. "Él fue abogado en Luisiana por veinte años, antes de que mi madre muriera de cáncer. Se mudó aquí conmigo cuando yo estaba en séptimo grado. Un cambio de ritmo para los dos. Ahí fue cuando conocí a ese gigante". Volteó la cabeza hacia el asiento trasero, guiñó el ojo otra vez. "Después de la escuela de derecho, empecé a trabajar con mi papá en su firma y luego me hice cargo de ella cuando él murió. Se podría decir que yo heredé a Aiden Steele como cliente".

"Vi los documentos, los firmé, pero ¿qué significa todo

eso?", pregunté mientras cruzábamos debajo de un arco de madera.

Dos troncos gruesos verticales flanqueaban un ancho camino de tierra. Abarcándolos, había un anuncio de metal centrado. *Rancho Steele.* No era lujoso, pero era impresionante y gritaba Viejo Oeste. No había ninguna casa a la vista. Nada más que el camino por el que entramos y, perpendicular a este, el camino de entrada. La tierra se rodó, pero todavía estaba cubierta

por la hierba alta que ondeaba con la brisa. Las montañas eran más grandes aquí y los picos de nieve parecían más altos, rocosos e, incluso, más impresionantes.

Rodamos por un minuto y luego Riley señaló por la ventana. "Esa es la casa principal. Afuera están los establos. El granero. El albergue y cabañas pequeñas para los que viven aquí. El Rancho Steele tiene quince empleados a tiempo completo".

El camino se curvó hacia la derecha y hacia abajo. En el valle, pude ver los edificios que él mencionó y una casa en la distancia. ¡Guau! El establecimiento no era una mansión gigante, pero era tan extraordinario como la entrada. Miré hacia atrás y todo lo que pude ver fue el polvo que había levantado la camioneta.

A medida que nos acercábamos, escudriñé la casa que había heredado. Bueno, una quinta parte de ella. Dos pisos, un porche grande. Ventanas equilibradas, una puerta de madera oscura en la entrada. Se veía antigua, como si la hubiesen construido décadas antes de que Aiden Steele naciera. Si tuviese que calcular el tamaño, diría que había cinco o seis habitaciones en el segundo piso.

"¿Mi... pa... Aiden construyó el rancho? No estaba lista para llamarlo papá, aunque él me había reconocido como su hija, al menos en su lecho de muerte.

Riley meneó la cabeza, bajando la velocidad a medida que

nos acercábamos a los listones de metal de un guardia de ganado. "Su abuelo. Es una de las primeras casas de este lugar, pero tu padre le añadió una parcela grande a la propiedad en los treintas, luego otra vez en los cincuentas. Tu padre, aunque era un dolor en el trasero, era un hombre de negocios muy inteligente".

Era la primera vez que mencionaban que Aiden era un hombre difícil, pero me lo imaginaba en vista de que dejó mujeres embarazadas por todo el país. Encantador, seguramente, para dejarlas así —incluyendo a mi madre—, pero complicado si ninguna de las mujeres quería tenerlo cerca después de quedar embarazadas.

"¿Qué tan grande es la propiedad?", pregunté, no estaba muy interesada en pensar en la larga lista de amantes de mi padre.

"La carretera por la que veníamos era la línea de propiedad sur". Riley miró hacia atrás sobre su hombro. "Hay más de 60,000 acres".

Se me cayó la boca mientras saqué la cuenta para mí. "Cuarenta y tres mil quinientos sesenta pies multiplicados por sesenta mil".

Riley se rio mientras se estacionaba en frente de la casa. El camino de tierra formaba un círculo, que se extendía hasta los edificios blancos que podía ver en la distancia.

"Veo que sabes matemáticas. No tienes que preocuparte por vecinos que entren sin autorización. Todo lo que ves es propiedad Steele".

La hierba de enfrente de la casa fue cortada ligeramente hacia las escaleras, pero no era un lugar que requería mucho mantenimiento. No había un jardín de flores, solo macetas colgando a lo largo del porche. Sin césped bien cuidado, solo me pertenecía una pradera hasta donde podía ver. Bueno, una quinta parte. Justo como dijo Riley.

Era hermoso. Pacífico. Pero muy, muy alejado.

"Te llevaremos adentro para que puedas explorar tu nuevo hogar", dijo Cord. Había estado callado por un buen rato y su voz profunda se deslizó sobe mí; me dio escalofríos. "Descansa. Ahora este lugar es tuyo".

Los dos se bajaron de la camioneta. Antes de que pudiera abrir la puerta, Cord estaba ahí, acercándose para quitarme el cinturón de seguridad. Sus manos grandes estaban en mi cintura otra vez para ayudarme a salir.

"¿Hay alguien más aquí?", pregunté mientras me deslizaba bajo su cuerpo. Sí, Cord me deslizó por su frente, así que pude sentir cada centímetro de él. Mis senos se estremecieron por el contacto, por su calor. Y cuando me puso de pie, no se despegó de mi cintura. No pude hacer nada sino mirar fijamente sus ojos oscuros.

"Nadie más. Solo tú".

"Oh", respondí. Yo vivía en los suburbios de Filadelfia en un vecindario que tenía casas tan cerca de las otras que podías saber un poco de lo que pasaba alrededor. Normalmente, saludaba al anciano de la calle de enfrente, le llevaba su periódico cuando hacía mucho frío y él no podía salir. Los niños que vivían al lado solían despertarme temprano los sábados en la mañana con sus travesuras en el patio trasero. ¿Pero aquí?

No tenía vecinos. Ni una casa en lo que parecían kilómetros. ¿Y una tienda para hacer compras? Tenía que estar en el pequeño pueblo por el que pasamos, veinte minutos por la carretera. La carretera, *vacía*.

"Hay una ama de llaves, la señora Potts, quien solía venir todos los días cuando Aiden estaba vivo. Ella solo ha estado viniendo una vez a la semana desde su funeral, pero ya vino ayer. Llenó la nevera con algunas cosas para ti para que no pasaras hambre mientras te adaptabas. Pero ahora, realmente depende de ti si quieres tener su ayuda o no".

Miré la casa. "No tengo idea de qué hacer con las vacas. O

Estimulada

con los caballos. Los mataré a todos por descuidada. ¿Ella puede hacerse cargo de ellos?

Los pulgares de Cord se deslizaron hacia adelante y hacia atrás sobre mi piel, poniéndome la piel de gallina. "Tu padre dejó dinero para mantener el rancho. Los animales, los edificios, para pagar la mano de obra a los que se encargaran de mantener el lugar. No tienes que preocuparte por nada de eso".

"Ese es mi trabajo como albacea", dijo Riley acercándose a nosotros. Él traía una llave. "Todo lo que tienes que hacer es… bueno, lo que quieras".

Abrumada, de repente, suspiré. "Quiero tomar una siesta".

Cord dio un paso atrás, tomó mi mano y me guio los pasos. "Es lo que deberías hacer después de todo. Pasaremos por ti a las seis para cenar. ¿Es suficiente tiempo para ti?".

Lo miré fijamente, sorprendida de que no haya preguntado, solo me dijo que iba a cenar con ellos. Ellos estaban muy conscientes de que no tenía otros planes. No es como si pudiese darles una excusa, no es que quisiera tampoco.

Riley abrió la puerta principal, pero no entró.

Ignorando la pregunta de Cord, entré. No había luces encendidas, aunque las habitaciones que pude ver por las ventanas estaban bien iluminadas. Muebles oscuros, cortinas gruesas. Pisos de madera. Todo, solo para mí. De repente, la idea de heredar un rancho en Montana parecía desalentadora. Y solitaria.

"Sí", dije rápidamente. No quería cenar sola, independientemente de cómo fuera. Quería estar con Cord y con Riley. Ellos hacían la estadía aquí más llevadera. No es que no estuviera agradecida, pero era mucho para procesar. Para hacerse la idea. Un rancho, ¿del tamaño de qué?, ¿de la Isla Rhode? Yo había imaginado la casa, la propiedad, desde que supe de ella. Pero no me había imaginado a ninguno de esos hombres. Ahora se había revertido. Mi mente estaba llena con ellos. Sus tamaños, sus sonrisas. Sus aromas. Jamás me imaginé que serían, bueno… todo lo que eran. Dominantes, cómodos con su piel, seguros de sí mismos. Caballeros, atentos. Misteriosos. Un poco peligrosos y tan atractivos.

Que me dejaran parecía… aterrador. Me sentía protegida y segura con ellos, segura de que todo iba a estar bien. Que no estaba sola. No me había sentido de esa manera desde hacía mucho, mucho tiempo.

Sin embargo, yo era una mujer adulta y podía quitarme mis bragas de chica grande y pasar horas sola en una casa grande. Me aclaré la garganta. "A las seis está bien. Gracias".

Cord asintió, luego dio un paso atrás y dejó caer su mano. "Hasta ahora".

Riley guiñó el ojo.

Y cuando bajaron las escaleras y pude ver sus hermosos traseros a través de sus pantalones, me di cuenta de que me había metido en un gran problema. Tenía a los dos vaqueros más atractivos de Montana.

3

ILEY

"¿Alguna vez has escuchado algo sobre estar en el espacio de alguien?", preguntó Kady, retorciéndose.

Estiré mi mano por detrás de su espalda por la parte de arriba de la cabina, apoyándome. Ella se sentó al lado de mí, tan cerca que podía ver las pecas en su nariz, respirar su aroma. ¿Limones? Demonios, ¿eso era champú o loción corporal? Gruñí internamente pensando en ella toda rosada y húmeda en la ducha, desprendiendo aroma a loción por toda su piel. Qué bueno que mi erección estaba escondida bajo la mesa.

"¿Te refieres a acercarte mucho a alguien? ¿Meterse en su espacio?"

Estábamos en uno de los restaurantes locales, uno tranquilo donde era más importante la comida que la bebida. Barlow, Montana, era pequeño, habitado por unas diez mil personas. No había una sola tienda o franquicia, solo una pintoresca calle principal. Era solo un pueblo, y la vida había sido sencilla para Cord y para mí hasta que Aiden Steele lo arruinó, desde la tumba.

Cinco hijas bastardas, todas heredaron el rancho. Increíble. El hombre no pudo contenerlo en sus pantalones. Mientras que las tres hijas que habíamos contactado no sabían de su padre, él sí sabía de ellas. Al menos lo suficiente para saber que existían. Él nunca las había contactado, al menos eso era lo que decían los documentos de mi padre. Yo había visto a Aiden Steele un par de veces, pero nunca como su abogado. Aunque técnicamente tuve ese título después de que mi padre murió, Aiden nunca me había contactado por mis servicios. No fue hasta que me convertí en el alguacil de su patrimonio tras su muerte cuando supe de él. Y de su pasado salvaje.

Cuando abrí el testamento —la primera vez el día después de que murió— gruñí, me llevé la mano al rostro sabiendo que este único cliente me iba a quitar la vida. Y pagó generosamente por ello, en base a lo que describió en el testamento. Y este era sólido. Solo habría problema con su validez si la sensatez del señor estuviera en duda. Mientras que Aiden Steele había estado sano y salvo en su rancho lidiando con todos los que lo conocían, aparentemente nunca consideró establecerse con alguien. Ni la monogamia.

Gracias a eso me había dejado una tormenta de mierda.

Y a Kady Parks. La mujer hermosa, dulce, atractiva e inocente que ahora era el centro de cada uno de mis pensamientos. Y de mis fantasías.

La recogimos a las seis en punto y ya estaba lista. No estaba seguro de si fue porque estaba ansiosa por vernos, si tenía un hambre voraz o si estaba desesperadamente aburrida. Esperaba que fuera lo primero; fácilmente, resolvería lo segundo y, absolutamente, resolvería lo tercero.

Estimulada

Quería follarla de tantas formas que no saldríamos a tomar aire por dos semanas. Mínimo.

"¿El espacio de alguien? ¿Eso es lo que enseñas a tus alumnos de segundo grado?", preguntó Cord. Para un chico grande y rústico como él, le ofreció una sonrisa tierna que yo rara vez le había visto.

Estábamos en una mesa de la esquina así que Kady estaba entre la pared y yo, sentada cómodamente en su silla. Cord se sentó en frente de nosotros. Acabábamos de ordenar nuestra cena y, con suerte, no volverían a interrumpirnos hasta que llegara. No estábamos interesados en compartirla con nadie. *Debimos* llevarla a nuestra casa para una cena tranquila a solas, pero no quisimos asustarla. Éramos lo suficientemente inteligentes como para no presionar la situación. Ni a ella.

Ella asintió y se llevó el cabello detrás de las orejas. Dios, se veía bella cuando estaba nerviosa. Los rizos rojos, hermosos, le caían en los hombros; las ondas estaban tan salvajes como antes. La estábamos invadiendo y no teníamos intención de darle su espacio. Preferiría estar en la cama con ella, enterrarle mi pene, pero no era el momento…todavía. Queríamos que nos deseara tanto como nosotros a ella y eso significaba mostrarle que estábamos interesados. Esperaría días, semanas o meses si no estuviese lista, pero estaba seguro de que ese no era el caso. Ni estaba cerca de estarlo.

Pasé mis dedos por sus hombros, acariciando suavemente su piel desnuda. Era tan jodidamente suave. Estar con ella en mi camioneta ya era difícil. Los cinturones de seguridad significaban protección y tener la guantera separándonos había sido demasiada distancia. Y tenía que mantener los ojos en la carretera, no en ella. Ahora podía darle toda la atención que quería desde que Cord me trajo su expediente por primera vez.

Sin esposo, sin novio. Sin nadie —o cualquier espacio— que se interpusiera en el camino de hacerla nuestra.

Le habíamos prometido una cena y eso era lo que tendría. Pero ahora no solo ella sabía que solo teníamos ojos para ella, también todo el restaurante. Estábamos reclamando nuestro maldito derecho.

"¿Ustedes nunca aprendieron sobre el espacio personal, verdad?, preguntó, cambiándose de asiento otra vez, asomando una sonrisa en sus labios, dándose cuenta de que no le íbamos a dar ningún espacio.

"¿Contigo? No", dije, poniendo mi mano desocupada arriba de ella, en la mesa.

"Ni si quiera puedo ver a alguien en el restaurante".

"Bien", añadí, frotando mi pulgar sobre la palma de su mano. No podía dejar de tocarla. Mi cuerpo bloqueaba su vista hacia los lados y Cord hacía el resto. "Estás aquí con nosotros. No tienes que preocuparte por nada más".

Con ella era egoísta. No quería que ningún otro hombre —aparte de Cord— la viera con su hermoso vestido. Este le caía justo por encima de las rodillas en un material fluido que giraba y se deslizaba sobre sus muslos y caderas, burlándose de mí. Tenía un escote en V profundo que mostraba el aroma de sus senos. No era ostentoso. No, nuestra chica no era así. Y no se vestía como una chica de Montana. No usaba pantalones y botas. No, ella lucía como si hubiese salido de una fiesta en el jardín. No tenía idea de lo atractiva que era y *eso* era lo que la hacía tan jodidamente seductora. A menos que un hombre estuviese ciego, vería lo hermosa que era y la querría para él. Qué mal. Ya había sido reclamada.

"¿Chequeaste la casa esta tarde? ¿Descansaste? ¿Llamaste a tus amigos?", preguntó Cord, cambiando el tema. Después de que la dejamos, me regresé a la oficina y me fui a casa a cambiarme para ir a correr. Tenía que quemar un poco las ganas que tenía de ella, de lo contrario, una vez que la tuviera debajo de mí, iba a ser muy rústico. Afortunadamente, me había masturbado en la ducha —fue fácil de hacer pensando en su vagina bien ajustada apretando mi pene y no mi mano— antes de ir a buscarla, de no haber sido así, me hubiese corrido en mis pantalones al verla en el porche. Era toda piernas largas, caderas exuberantes y senos perfectos.

"Eché un vistazo, desempaqué y, luego, me acosté a dormir". Agarró su copa de vino, tomó un sorbo.

"El dormitorio principal tiene una vista genial, ¿verdad?", preguntó Cord.

Una semana después de la muerte de Aiden Steele, tuve que hacer un inventario de la casa como parte de una evaluación de la propiedad y Cord había ayudado. Los dos conocíamos la casa por dentro y por fuera, hasta el número de cubiertos en los cajones.

"Oh, um. Ya lo creo. Escogí una habitación pequeña. La que tiene el alero".

"¿La habitación de la anciana de servicio?", preguntó Cord, levantando una ceja por la sorpresa.

"Oh, um. Supongo". Se encogió de hombros. "No luce como la habitación de la criada. Tiene cortinas suaves, una alfombra bonita y la cama tiene un edredón rosado pálido. Es… acogedora, especialmente, en una casa tan grande para mí sola".

Era una casa grande para una persona, particularmente, para alguien que sabía que no había crecido con lujos. La casa del rancho no era lujosa, pero aun así gritaba riqueza. La riqueza de Montana. Habitaciones grandes, techos altos, muchas vigas de madera y pisos pulidos. Suficientes cabezas de animales colgadas en las paredes para darle pesadillas a un niño.

Sabía que Kady vivía en la casa que había pertenecido a sus padres, en la que fue criada, una casa simple de dos pisos en un vecindario de clase media. Había ido a la universidad a hacerse maestra, por lo tanto, ella sabía que nunca ganaría toneladas de dinero en esa profesión y estaba feliz con eso. ¿Pero ahora? El dinero no importaba. Era una mujer rica. Y aun así tomó la habitación más pequeña; tomó el asiento de turista a pesar de que le había comprado un asiento en primera clase. Cuando descubrí que lo había cambiado, quería azotarle el trasero, pero me di cuenta de que era su personalidad. Ella no era de lujos.

Gracias al cielo. Ni Cord ni yo éramos lujosos. Teníamos dinero para nosotros —no la necesitábamos o queríamos para eso— teníamos todo lo que necesitábamos. Una casa, vehículos, cosas notables. Pero eran *cosas*. Teníamos todo menos a ella.

Su teléfono sonó y lo agarró de su cartera pequeña que tenía al lado y lo puso en la mesa, poniéndolo afuera. Leyó la pantalla. No pude ver en su rostro si estaba emocionada o asustada. Se mordió los labios cuando el teléfono sonó otra vez. "Disculpen, usualmente no soy así de grosera y no contesto llamadas durante una cita, pero es mi hermana. Algo puede estar mal. Pudieron haber…".

Cord le tendió una mano. "No te preocupes. Contesta por favor".

Nos ofreció a ambos una sonrisa de alivio. "Hola, Beth". Hizo una pausa, dejó que su hermana hablara. "Sí, estoy en Montana. ¿De verdad? ¿Podrías esperar un segundo? Sí, estoy en un restaurante. Sí, en una cita".

Se sonrojó y nos miró a los dos. Había usado la palabra "cita" dos veces y fue jodidamente tranquilizador. No había dicho "cena con el abogado" o "con amigos". Éramos *citas*. Las citas tenían potencial y hacían que mi pene se sacudiera.

"Sí, yo sé dónde estás. Yo no he…". Suspiró. "Sí, escucharé sobre tu día, pero espera un segundo, ¿está bien?".

Bajó el teléfono, susurrando, ¿me disculpan por un minuto?".

Me salí de la cabina, le tendí una mano y la ayudé a salir.

"Gracias", respondió mientras se puso frente a mí. Con una última mirada arrepentida en los dos, se dirigió por el pasillo hacia los baños, y se puso el teléfono en la oreja.

Me senté otra vez, tomé un sorbo de mi cerveza. "Pensé que su hermana estaba en rehabilitación", comenté, girando el brazo de un lado a otro entre mis dedos.

"Lo está. No he escuchado otra cosa del investigador en Filadelfia". Cord se encogió de hombros. "Supongo que no hay restricción de llamadas". Puso sus antebrazos sobre la mesa, inclinándose. "Su hermana es un problema. ¿Viste la cara de Kady?".

Suspiré. "Sí, preocupación y culpa. Suena como si la hermana estuviera trabajando en ello. Toda la mierda de 'estoy en rehabilitación mientras tú te estás divirtiendo en una cita'".

Cord frunció el ceño, se recostó en su silla. "Su hermana es una mujer adulta. Tiene que ser responsable de su propia mierda", repliqué.

Levanté una mano. "Estoy de acuerdo, pero espero que Kady piense eso también".

Estuvimos callados por un minuto y Cord dijo: "Ese vestido". Tomó un gran sorbo de su cerveza, como si esto fuese a ayudarlo a enfriarse. Nada iba a lograr eso, excepto un chapuzón en el río helado por las montañas de nieve o una noche salvaje con Kady entre nosotros.

Me reí. No tenía que decir más que eso porque sabía exactamente lo que se sentía. El vestido que tenía era modesto, recatado, coqueto y era sexy como el infierno. Justo como era ella.

Miré hacia los baños, luego a Cord otra vez. "Todo acerca de ella es completamente ridículo para vivir en un rancho", dije, inclinándome y bajando la voz. "¿Viste sus zapatos?".

"Sí, jodidamente sensuales", replicó Cord, sacudiendo la cabeza lentamente.

"Es correcto. Jodidamente. Sexy". Me moví en el asiento; mi pene estaba incómodo dentro de mis pantalones. No iba a encontrar alivio pronto.

"¿Te estás quejando?", preguntó, con sus dedos tamborileando en la mesa de madera.

Le di una mirada fulminante. "No. Solo digo. Usa tacones en un rancho, sus uñas tienen un esmalte rosado muy bonito, y te apuesto que no sabe qué extremo de un caballo es el frente".

Cord se rio. Se recostó para que nadie pudiera escucharnos. "Además, tiene unas caderas que puedo apretar mientras la folle. Senos que incluso llenan la palma de mis manos". Levantó las manos, imitando el movimiento.

Pensar en los senos de Kady solo me ponía duro. Maldije en voz baja.

"Es cierto, mierda", replicó. "Tenemos una cosita de alto mantenimiento, amable, dulce que queremos reclamar. Me importa una mierda que haya venido a vivir en el rancho. Cuando sea nuestra, no vivirá en el rancho, estará con nosotros. En el pueblo".

"Tenlo por seguro", añadí.

Kady venía por la esquina desde los baños y nos pusimos de pie.

"¿Todo bien?", pregunté dejando que se deslizara en su lugar antes de que me sentara al lado de ella. Esta vez, cuando invadí *su espacio*, no dijo nada. Con la ligera forma apretada de su boca, su hermana tuvo que haberle dicho algo para molestarla.

Nos ofreció una sonrisa falsa. "¿Qué te dijo tu investigador sobre Beth? Sabes que consume drogas".

Cord asintió. Puso su expresión seria a la que estaba acostumbrado. Podíamos pensar que Kady estaba fuera de lugar en Montana, pero no la creíamos estúpida. Ninguno de los dos la íbamos a tratar con condescendencia.

Estimulada

"En rehabilitación. Cuatro meses, ¿verdad?".

Kady tomó el último sorbo de su vino, y levanté la mano señalándole al mesero que quería otra copa.

"Sí. Al principio, no le permitían llamar, pero ahora sí podía. Sabe que estoy aquí y, bueno, no está feliz con eso. La llamada era para hacérmelo saber".

No me gustaba saber que su hermana, su única pariente viva, era una perra con Kady. Me sentía ferozmente protector de ella.

"Así que se estaba quejando de que tú estás de vacaciones y ella está atrapada en rehabilitación. No es tu culpa que ella esté ahí".

"Lo sé, y probablemente en el fondo ella también lo sabe. Pero ella ve esto" —agitó su mano en el aire causalmente— "como un ejemplo de cómo el mundo está en su contra. Ella no se hizo millonaria durante la noche. Yo sí".

"Es cierto. No tienes control sobre eso. Ella tiene una opción, controlar su consumo de drogas", añadió Cord, acercándose y poniendo su mano sobre ella en la mesa.

Inspiró profundo, lo dejó salir. "Lo sé. Lo he sabido por años. Solo que es duro. He intentado e intentado ayudarla. Se niega a ayudarse a sí misma y, al mismo tiempo, me culpa a mí. Por eso estoy aquí".

Nuestra chica era tan jodidamente valiente. Y estaba tan sola. Perder a sus padres y tener una hermana adicta a las drogas. Tenía tanto que manejar; la presión era muy pesada para sus delgados hombros, pero lo hacía con una maldita sonrisa en su rostro.

"¿Estás aquí de vacaciones o permanentemente?", pregunté, con mi brazo sobre la mesa otra vez y mis dedos acariciando su hombro. "Tienes un trabajo, una casa, una vida en Pensilvania a la que regresar. ¿O estás intentando empezar de nuevo, en un lugar nuevo donde puedes darle espacio a tu hermana para que se haga cargo de sus problemas?".

La idea de que se regresara no le caía bien, especialmente, si su hermana salía de rehabilitación y retomaba el uso de drogas. Desde que compré su pasaje de avión, supe que Kady se iba a quedar la mayor parte del verano. Teníamos tiempo de trabajar en ella, para que viera que estar con nosotros era mejor que cualquier cosa que hubiese en el Este.

Agachó la mirada hacia la mesa, luego me miró. "Sí, quería un descanso. No creía que todo esto fuese verdad, que realmente tenía un padre que no sabía que existía, un rancho en Montana, hasta que llegué. Es como una película o algo. Solo soy una simple maestra".

Ella era todo menos simple, pero no era el momento de decir eso ahora. Era momento de escuchar.

"Ustedes escucharon parte de la llamada. Con Beth y con todo, solo quería escapar".

"¿Y ahora que sabes que el rancho es real, que eres millonaria?".

Puso los ojos en blanco y nos dio una sonrisa temblorosa. "¿Ves? Increíble. Yo, una millonaria". Se rio, todavía estaba abrumada por la idea.

Cord se inclinó. "¿Qué pasa si te decimos que estamos interesados en ti, que nos pareces hermosa? Perfecta".

Se sonrojó y miró hacia otro lado. "Pensaría que están locos. Mírenme".

"Lo hacemos" dije, con voz calmada. Tranquilo. Mis dedos siguieron acariciando su suave piel.

Esperamos, dejamos que el silencio hablara por sí solo.

Después de un minuto, levantó la mirada, puso los dedos en la orilla de la mesa mostrando sus lindas uñas. "¿Entonces qué? ¿Quieren una... aventura conmigo? ¿Los dos?".

"Los dos, sí", dijo Cord. "¿Una aventura? Demonios, no".

"Entonces, ¿qué quieren? ¿Mi herencia?". Sus ojos se

Estimulada

ensancharon como si no hubiese pensado las palabras antes de decirlas. "Dios, no tengo idea de cómo es la vida aquí, pero no soy ingenua".

Cord entornó los ojos y apretó la mandíbula. "No nos conoces, Kady, así que te daremos una pista. No estamos aquí contigo para poner una mano en tu herencia. Eso no me importa una mierda y estoy seguro de que Riley desearía que Aiden Steele estuviese vivo para no tener que estar metido en la mierda de ejecutor. Y ahora esto, si nos vuelves a insultar a nosotros o a ti otra vez, te pondré sobre mis rodillas y te nalguearé ese hermoso trasero hasta que esté tan rosado como el esmalte de tus uñas".

Su boca se abrió. "Yo no…".

"Lo hiciste. Nos insultaste, no solo cuando pensaste que éramos unos cazafortunas, sino también cuando pensaste que no estábamos dentro de nuestros cabales para pensar que eres hermosa".

Su boca se cerró de golpe, y nos miró a los dos.

"Entonces, no quieren mi dinero. Exactamente, ¿qué quieren?".

"A ti". Dijimos los dos al unísono. La miramos atentos. No había manera de que lo malinterpretara. Que tuviese alguna duda de que queríamos a alguien más. Nunca.

"Debajo de nosotros, entre nosotros", le dije. "Cabalgándome mientras Cord observa. De rodillas delante de nosotros. Queremos follarte, Kady, hacer que te olvides de todo, excepto cómo te hacemos sentir. Que seas el centro de nuestro mundo".

Miró hacia atrás, se lamió los labios mientras sus mejillas se sonrojaban. Pude ver el frenético zumbido de su pulso en su cuello, vi la forma en que se elevaban sus senos de su pecho. Demonios, sus pezones se endurecieron por debajo de su vestido en frente de mí.

Y para mí, mi pene era como un tubo de plomo dentro de

mis pantalones. Quería hacer todo lo que había dicho, y luego más.

Aclarándose la garganta, dijo: "Ya no tengo hambre. Creo que me gustaría que me llevaran de vuelta al rancho".

Miré a Cord, quien lucía tan decepcionado como yo me sentía. Lo habíamos arruinado. Estábamos totalmente jodidos. Demonios, la asusté con mi charla contundente. Era la verdad y solo una pequeña porción de todas las cosas que quería hacerle, pero eso no significaba que debía decirlas en voz alta. Ella estaba buscando un caballero y yo lo arruiné.

Ninguno de los dos era de romances, velas, o mierdas a la luz de la luna. Nos veníamos jodidamente fuerte. Duro. Rudo. Con solo mirarla, ver las perlas delicadas en sus orejas, su lápiz labial rosado brillante, el vestido de verano. Era toda una mujer delicada y deliciosa. Nuestra áspera charla y nuestro comportamiento osado no eran lo que ella quería y la habíamos asustado.

Asentí una vez, me puse de pie y le extendí mi mano para ayudarla a salir. Cord arrojó unos billetes sobre la mesa para pagar la cuenta y la seguimos hacia afuera del restaurante.

Genial. Jodidamente genial. Tuvimos que mirar el balanceo de su exquisito trasero sin poder hacer nada al respecto. No estaba interesada. Todo había terminado.

4

ADY

¡A mí! Los dos me querían a mí. Santo cielo. Dos hombres. No *solo* dos hombres. Riley y Cord. Eran deslumbrantes, con cuerpos increíbles, con sonrisas perversas e inteligentes. Y de todas las mujeres allá afuera, me dijeron que era hermosa. ¡Ja!

Y las cosas que había dicho Riley… yo de rodillas delante de ellos. Dios, me excité al imaginármelos de pie delante de mí, sus penes apretados en sus puños mientras lamía uno, luego el otro, alternándolos y tomándolos tan profundo como podía. O trepar sobre sus muslos y tomar un pene suave y profundo antes de cabalgarlos. O ser montada por Cord, follándome como un animal salvaje mientras chupaba el pene de Riley.

Mientras cruzábamos hacia el estacionamiento, mis pensamientos obscenos fueron arrastrados por el viento que había soplado fuerte mientras estábamos adentro. Nubes grandes se alzaban por el cielo. Iba a llover, y pronto. Cord puso su mano en la parte baja de mi espalda mientras me llevaba hacia la camioneta de Riley y me hizo fantasear con su mano en otros lugares. Dios, ¿cómo sería tener más que sus miradas sobre mí? ¿Una boca en mi pezón, un dedo deslizándose por mi clítoris? ¿Un pene llenándome, estirándome? Si se concentraban en tener relaciones sexuales tanto como lo hacían para conversar...

Gemí, agradecida de que no se escuchara por el viento. Después de que Cord me cargó hasta el asiento de enfrente, podía sentir los efectos persistentes de la firmeza con que me agarraba. Apreté los muslos durante el camino de regreso al rancho. Un minuto después, empezó a llover, un diluvio, y Riley tuvo que bajar la velocidad. Los limpiaparabrisas no podían seguirle el ritmo a la tormenta, y el ruido de la lluvia hizo que fuera imposible hablar.

Me sentía como en un capullo, segura con ellos. No existía nadie más en el mundo. Fue fácil olvidarme de la llamada de Beth. Su comportamiento maníaco, caliente y frío como si estuviese consumiendo drogas de nuevo. Un minuto estaba emocionada de hablar conmigo y, al siguiente, estaba furiosa porque un padre que nunca conocí me había dejado toneladas de dinero. Dijo que no era justo que me dieran todo eso. Sabía las palabras de memoria, el ataque verbal perfectamente dirigido a mis emociones. Era excepcionalmente buena para atacar cada una de ellas hasta obtener lo que quería. Pero esta última vez fue a rehabilitación, cuando tuve que usar las acciones de nuestras acciones para pagarlo, de alguna manera fui capaz de dejarlo ir. Yo era la única que corría con los gastos. Incluso, haciendo eso, la estaba apoyando.

Riley se acercó, tomó mi mano por un segundo, luego se retiró. Me encendí, le sonreí y me di cuenta de que tenía que vivir mi vida. Y eso significaba entender lo que esta —

atracción— era para nosotros. Lo sentí desde el momento en que los vi y no había cambiado desde entonces. No, no había cambiado. Solo se volvió más intenso.

Nunca antes me había sentido así. Había tenido amantes, pero incluso tener sexo con ellos nunca me había hecho sentir tan necesitada, tan excitada, como lo estaba ahora. Quería meterme por debajo de mi vestido y jugar conmigo misma, deslizar mis dedos fácilmente sobre mi clítoris porque estaba tan húmeda. Mis bragas estaban arruinadas.

Desde el aeropuerto, todo había sido juegos preliminares, para llegar a esto. A lo que yo decidiera hacer. Ellos habían dejado muy claro lo que querían. A mí. Quizás no tenía que pensarlo. Podía, por primera vez, ser espontánea. Ir por ello. Todo lo que tenía que hacer era decir que sí.

La camioneta de Riley pegó un salto, señalando que ya estábamos cerca y sacándome de mis pensamientos. La lluvia había disminuido, el viento la empujaba fuerte hacia el este tan rápido como llegaba. Me quedé mirando ciegamente la ventana por todo el camino, era imposible ver algo por la lluvia, y estaba concentrada únicamente en mi cuerpo, en cómo mis bragas estaban arruinadas, mis pezones duros y sensibles contra mi sujetador de encaje. Me dolían por ellos. Por los dos.

Estaba loca. *Esto* era una locura, pero se sentía bien. Ellos se sentían bien. Mi madre siempre decía que cuando encontrara al chico indicado, lo sabría. Bueno, yo había encontrado dos. No quería escoger entre cuál de ellos y no me lo estaban pidiendo.

Los dos me deseaban y me iban a compartir. Para hacerme cosas que ni siquiera me había imaginado.

¡Compartir! Yo era una maestra de segundo grado, completamente invisible, e iba a tener un trío con dos vaqueros ardientes. Me mordí el labio para ahogar una risa nerviosa. Iba a hacerlo. Iba a llevar a estos hombres adentro, a mi cama. A mi cuerpo. A mi dolorida y húmeda vagina.

Riley estacionó el auto enfrente de la casa, lo apagó y salió. Había parado de llover completamente; él se bajó y no podía esquivar el agua de los charcos pantanosos en el camino de entrada. Cord subió desde el asiento trasero y me abrió la puerta. Estábamos frente a frente y me dio una mirada mordaz.

Intensa. Tenía la mandíbula apretada, sus ojos oscuros casi negros. Su cuerpo estaba rígido como si se estuviese conteniendo. Quizás lo estaba. Él me había asustado al principio. Ahora sabía que no me lastimaría. Me mantendría a salvo, incluso de él mismo. Se rindieron a mis deseos de terminar la cita temprano. Al menos, eso era lo que habían pensado.

En vez de ayudarme a bajar, como lo había hecho anteriormente, Cord enrolló un brazo en mi cintura y me cargó, con nuestros cuerpos presionados, hacia la casa.

"¡Cord! ¡Soy muy pesada!", grité.

Gruñó, pero no con esfuerzo. "Cariño, eres tan ligera como una pluma".

Automáticamente, llevé mis manos a sus hombros mientras me cargaba por las escaleras hacia el porche. No apartó la mirada, solo inclinó la comisura de sus labios. "No querrás que esos lindos zapatos se mojen y se llenen de lodo".

Eso fue todo. Cualquier duda que tuviese se había disipado. Lo deseaba con una desesperación que jamás había conocido. Fueron considerados y gentiles, caballerosos y dulces. Sí, no quería nada de eso ahora. Solo quería lo que Riley había descrito atrevidamente en el restaurante.

Así que hice lo único en que podía pensar.

Besé a Cord.

Y enrollé mis piernas alrededor de su cintura.

No me devolvió el beso por un momento como si lo

hubiese agarrado por sorpresa. Su cuerpo se endureció; apretó los dedos sobre mi espalda. Luego gimió, inclinó su cabeza y se hizo cargo; sus manos se posaron en mi trasero, sosteniéndome con sus grandes manos.

Dios, sí. Dudo que alguna vez pueda controlarme en la cama con estos dos. No quería eso. Di a conocer mis intenciones y ahora él se estaba haciendo cargo.

Sentí el revestimiento duro de la pared de la casa contra mi espalda; la sólida calidez de Cord enfrente de mí. Y entre mis piernas sentía el grosor de su pene. No pude evitar mover mis caderas hacia arriba y hacia abajo para montarlo.

Gimoteé mientras sus besos se movían por mi mandíbula y por mi cuello.

Incliné la cabeza hacia atrás para darle un mejor acceso.

"Por esto quería irme del restaurante, no porque no los deseara", dije jadeante.

No dejó de besarme y chuparme la piel.

"El otro lado", jadeé. "Esto es una locura, pero necesito lo que dijeron. Dios, sí. Así".

Mordisqueó la parte donde se unen mi cuello y mi hombro.

"No puedo ser tierno, Kady. No sé cómo serlo", gruñó Cord, poniendo a un lado el tirante de mi vestido para besarme el hombro.

"No me importa. Te deseo".

"¿Y a mí?", preguntó Riley. Su voz sonó más profunda de lo normal. Incliné la cabeza un poco más y abrí los ojos. Estaba justo ahí, los iris azules tan oscuros como las nubes que trajeron la tormenta. Observándonos. Viendo cómo me excitaba Cord.

"Sí, y a ti".

Cord no se detuvo mientras le hablé a Riley. Su mano se deslizó hacia abajo, luego hacia arriba de mis muslos por debajo de mi vestido. Un ligero tirón y mis bragas se habían ido. Vi a Riley tomarlas de Cord.

Unos dedos gruesos se deslizaron dentro de mí, muy profundamente, luego los sacó, y los metió otra vez. Cord me estaba follando con los dedos, y no podía hacer nada, sino menear las caderas. Montarlos.

"Está goteando", dijo Cord a Riley.

Me venía con solo esas palabras, la verdad es que era cierto, estaba tan húmeda como nunca antes, a causa de ellos. Solo la dulce fricción de los dedos de Cord fue suficiente para dejarme llevar.

Grité, cabalgué el placer cuando escuché el sonido metálico de una hebilla de cinturón, sentí el movimiento de las caderas de Cord. Antes de que el orgasmo se desapareciera por completo, sacó los dedos y los reemplazó con el ancho glande de su pene.

"Tengo que sentirte en mi pene, cariño. Todo ese calor que me cubre".

Cord agarró mis caderas, tiró de mí hacia abajo mientras se introducía dentro de mí.

Abrí los ojos tras la invasión. Sí, su pene era enorme y mis músculos internos se tensaron y estiraron tratando de adaptarse a la repentina penetración.

"Más", respiré, sabiendo que todo él no estaba dentro de mí todavía. Le quedaban centímetros por fuera.

Con esa única palabra, retrocedió, y lo introdujo profundamente. Me tomó con fuerza. Justo ahí en el porche con mis piernas alrededor de su cintura; mis tacones estaban clavados en su trasero.

"Cuando él acabe contigo, será mi turno, Kady. Con nosotros, tienes dos penes".

"Sí", gemí. Cuando Riley continuó con su charla sucia, no pude contenerme. Era demasiado. Cord era demasiado hábil con su gran pene. Me llenaba por completo cada vez, tocando fondo justo por debajo de lo doloroso. Pero estaba tan húmeda y lista por él, ese primer orgasmo ablandándome, abriéndome para tomarlo, para aceptar lo que sea que hiciera con esa herramienta despiadada que tenía entre sus muslos.

"¡Cord!", grité mientras me venía, mis paredes bañando su pene, era imposible empujarlo más profundo.

Lo sentí endurecerse, crecer dentro de mí justo antes de que apretara sus dedos en mis caderas. Me embistió una vez, dos veces, luego se mantuvo quieto, gimiendo contra mi cuello. Su respiración caliente me sopló la piel mientras se venía.

Dio un paso atrás lo suficiente para que no estuviera suspendida entre la pared y su cuerpo, y bajé mis pies al piso del porche. Riley me quitó de delante de Cord y me llevó a la barandilla, me presionó contra ella de manera que estaba de espaldas a él, lejos de la casa. Toda Montana estaba delante de mí.

Con sus dedos hábiles, Riley me sacó el vestido así que todo lo que llevaba puesto eran mis sandalias y mi sujetador. Se inclinó hacia mí y sentí cada centímetro de su cuerpo contra mí. Su camisa era casi abrasiva contra mi piel sensible.

No había notado que se había sacado el pene, solo sentí el ardiente grosor contra mi trasero.

"Es hora de tener más, cariño. Un pene no es suficiente para ti".

Me abrió los pies con los suyos así que me abrí más. Lo sentí deslizarse mientras se ponía de rodillas, alineando su pene con mi entrada goteante y se puso de pie, llenándome con su pene.

"Oh, Dios", gemí, poniendo las manos en las barandas para sostenerme.

Todavía no me había recuperado completamente de las atenciones de Cord como para estar totalmente lista para

Riley. Nunca había estado con dos hombres, solo uno después del otro.

Las ondas de placer aún me recorrían, y cuando sentí un pene erecto adentro de mí otra vez, aun así completamente diferente, cerré los ojos y me rendí a él.

Ya me había venido dos veces, y sabía que no iba a estar lista hasta que Riley, al menos, me sacara uno más.

Nunca había sido capaz de venirme con una pareja, necesitaba trabajar en mi clítoris para hacerlo, no me había dado cuenta de que siempre habían sido ellos. Habían sido pésimos amantes.

¿Esto? Dios, esto era algo más. Cord y Riley me estaban arruinando para alguien más.

Escuché los pasos pesados de Cord, pero no les presté atención. Sentí que me desabrocharon el sujetador y luego los tirantes se deslizaron por mis hombros y las copas bajaron, así que mis senos quedaron libres. Cuando sentí la succión ardiente de una boca en mi pezón derecho, abrí los ojos.

Era Cord, con mi sujetador a sus pies. Había bajado por el porche para ponerse delante de mí. Ya que era tan alto, mis senos estaban a la altura perfecta para sus atenciones.

La mano de Riley se deslizó por la línea de mi espalda mientras me tomaba. Desde atrás, acarició lugares completamente diferentes de lo que lo hizo Cord y estos nuevos nervios cobraron vida a la vez.

"Hermoso, cariño", dijo, con una mano en mi hombro para sostenerme.

Mi otro seno, el que no estaba en la boca de Cord, se balanceaba con cada penetración.

Estaba desenfrenada, salvaje y fuera de mis reglas completamente. Esto era el cielo.

"Es…oh, Dios, esto se siente…tan bien".

Sentí la sonrisa de Cord contra mi pezón antes de que lo

Estimulada

chupara, luego se lo quitó de la boca deslizándolo suavemente por sus dientes.

"Le gusta eso", murmuró Riley. "Lo que sea que hicieras, hizo me apretara el pene".

Cord levantó la cabeza, miró mis ojos llenos de lujuria.

"¿Esto?", preguntó, justo antes de que bajara la cabeza y halara mi pezón, asegurándose de incluir el mordisqueo suave con sus dientes. Se quedó mirándome fijamente, forzándome a mirar cómo trabajaba en mis senos.

"Demonios, sí", dijo Riley.

"Le gusta duro", dijo Cord. Acercó su mano y agarró el seno que estaba descuidado, la punta húmeda endurecida debajo de su palma callosa. Con su pulgar y dedo índice, tiró de él y jadeé. "Oh, sí".

Me sonrió, como si todas sus preocupaciones por tenerme hubiesen desaparecido.

Sí que me gustaba duro.

Me gustaba un poco de dolor.

Me gustó salvaje y duro contra la pared de la casa.

Inclinada sobre la baranda del porche.

"¡Riley!", grité cuando sentí su pulgar resbaladizo contra mi trasero.

"Esa es nuestra chica", dijo, moviendo su dedo en círculos y presionándolo contra mi virgen entrada.

Nunca nadie me había tocado ahí, nunca dejé a nadie jugar o…oh, Dios, deslizarse adentro.

Con un estallido de calor sorprendente, me vine. Terminaciones nerviosas, que nunca había sabido que existían, salieron a la luz y me llevaron al borde tan repentinamente, tan intensamente, que arqueé la espalda y grité. El movimiento hizo que los dientes de Cord mordieran un poco más mi pezón antes de sacarlo de su boca. Con la sensación de su mordisqueo, combinado con el pulgar de Riley, las sensaciones que despertó tener algo dentro de mi trasero, más el pene grueso de Riley, ya estaba lista.

Era demasiado. Demasiado bueno. Mis dedos se clavaron en la baranda; el sudor goteaba por mis senos.

Riley no se detuvo cuando me vine, solo me folló más duramente, más profundamente. El sonido de sus caderas rebotando sobre mi trasero llenaban el aire. El sonido húmedo de su pene trabajando en mi vagina no podía pasarse por alto. Estaba siendo bien y verdaderamente follada, y amaba, todo simultáneamente.

Riley me penetró más profundamente y se vino, llevó su boca a mi hombro y lo mordió, luego me chupó la piel sensible. Podía sentir su respiración entrecortada sobre mi espalda.

Lentamente volví a mí misma y abrí los ojos. Ahí, justo delante de mí, estaba Cord. Estaba sonriendo, y lentamente levantó su mano para quitarme el cabello de la cara.

Riley se salió con cuidado y enrolló sus brazos alrededor de mí.

Sentir su ropa sobre mi espalda me hizo darme cuenta rápidamente de mi estado. Estaba desnuda mientras que ellos estaban vestidos. Cord aún tenía que volver a ponerse el pene dentro de los pantalones, su grueso miembro estaba afuera de su vientre, todavía duro y lleno de nuestros fluidos, como si no acabara de venir.

"Oh, Dios mío", susurré, dándome cuenta de la magnitud de lo que había hecho.

"Espectacular", murmuró Riley.

Espectacular, sí, pero también demente.

Miré hacia abajo. Estaba desnuda excepto por una sandalia —solo el cielo sabía dónde estaba la otra— y cualquiera podía verme. ¿No habían dicho que algunas personas vivían en el rancho? No había nadie en la casa, pero

Estimulada

había una cabaña o algo. ¿Alguien me había visto ser follada por dos hombres?

"Yo, um…, guau. Gracias. Fue, um…". Tartamudeé. ¿Cuál era la etiqueta apropiada para después de tener el mejor sexo de tu vida con dos hombres en el porche?

Cord se recompuso, colocándose el pene dentro de sus pantalones, se subió el cierre y se amarró el cinturón. Di un paso hacia un lado y noté que Riley también se había acomodado.

Miré alrededor. Mi sujetador debía de seguir en el suelo, mi vestido tendido por el pasillo del porche, y mi cartera en la puerta. Fui a buscarla, saqué mi llave. Con dedos temblorosos, intenté abrir la puerta.

"Kady", dijo Riley, que vino tras de mí.

"Por favor", repliqué, todavía tratando de hacer que la llave funcionara. De repente me sentí frustrada. Avergonzada. Dios, ¡estaba afuera, desnuda! "¡Tengo que entrar!".

"Está bien", respondió, poniendo su mano sobre la mía para ayudarme a abrir la puerta. Cuando la abrió, se inclinó hacia abajo y giró la perilla. "Vamos a entrar y…".

"No. Solo yo". Entré por la puerta, me volví para mirarlos. ¿Cómo decir adiós, desnuda? Estaba siendo ridícula, lo sabía, pero no podía evitarlo. No sabía qué sentir, y estaba empezando a perderlos.

"No podemos dejarte ir así", dijo Cord mientras subió las escaleras lentamente. Sus dedos habían estado dentro de mí, me hicieron tener un orgasmo, y ahora quería calmarme.

"Por favor, estoy bien". Les di una sonrisa falsa porque era demasiado. *Ellos* eran demasiado. "Solo necesito estar sola".

"Kady…", empezó Riley.

"Gracias, por la cena y bueno, por todo. Yo…esto, um, nosotros. Es abrumador y necesito pensar".

Los dos estaban callados, estudiándome. No en forma

sexual, como lo habían hecho más temprano, sino preocupados.

"Bien", dijo Cord.

"¿Qué?", Riley se volteó a mirarlo.

"Te dejaremos estar sola. Pero tienes que enviarle un mensaje de texto de que estás bien a Riley en una hora o volveremos esta noche". Cord me miraba con expresión seria.

Asentí, aliviada, aunque sabía que si no hacía lo que me había pedido, volverían y tumbarían la puerta si era necesario. "Está bien".

"Y estaremos mañana a las ocho aquí", añadió.

Riley estaba meneando la cabeza lentamente, pero su boca estaba presionada, formando una línea delgada; obviamente, no estaba satisfecho.

"¿Para qué?", pregunté, escondiéndome detrás de la puerta para taparme lo más que podía.

"Nosotros", dijo Cord finalmente. "Tienes que estar lista para nosotros para entonces".

Se volteó, agarró su sombrero del porche y se lo puso. Bajó las escaleras hacia la camioneta. Con una última mirada acalorada —y preocupada— Riley asintió y siguió; sus botas se salpicaban en los charcos de agua.

Cerré la puerta, me recosté en ella; la madera fría, sobre mi piel desnuda. Girando la cabeza, me vi en el espejo de la pared de al lado. No pude dejar de mirar el chupón en mi cuello o el, oh, Dios, una marca rosada brillante encima de mi pezón derecho. Un mordisco. Mis pezones estaban duros, duros y adoloridos. Mi entrepierna también estaba adolorida. Mi clítoris estaba estremecido por todo el placer, y sentía sus fluidos correr por mis muslos. Cantidades copiosas de esto.

Lucía muy bien follada. Bien complacida. Me sentía de esa forma también. Y aun así los eché como si hubiese sido una ruptura rápida. Como si no hubiese significado nada. Sin embargo, lo cierto era, que había significado *mucho*.

Cuando Cord había dicho que debía estar lista para los dos en la mañana, no creía que fuese para salir otra vez. No, quiso decir que me daba la noche para pensar, para procesar lo que había pasado. Que fue especial. Salvaje. Ardiente. Sucio. Increíble.

Y planeaban hacerlo otra vez, y otra vez.

Tenía que estar lista para aceptarlos, a los *dos*, para entonces.

5

 ORD

Cuando llegamos al estacionamiento, por la mañana siguiente, ella salió al porche. Quería pensar que estaba ansiosa por vernos. Yo estaba en mi camioneta; Riley, justo detrás de mí en el SUV que le había comprado a ella con el dinero de los bienes. No era tan sólido como la camioneta de Riley o la mía, pero estaba jodidamente cerca. Se manejaba con altura, tenía llantas grandes, un montón de bolsas de aire y funcionaría bien en la nieve. No era como si Kady tuviese planes de estar aquí en el invierno, pero, en ese caso, el SUV sería una buena opción. Una opción segura. No importa por cuánto tiempo se fuera a quedar, no la íbamos a dejar manejar por ahí con un pequeño trozo de mierda que podía ser atropellado por un camión.

Salimos de los vehículos, caminamos hacia ella.

"¿Qué es todo esto?", preguntó.

Yo llevaba el regalo, mis dedos agarrando el cuero

flexible. Habíamos hecho que Betty, la dueña de la tienda de ropa del pueblo, abriera temprano, especialmente, para nosotros. Como estábamos comprando botas de chica y no había ninguna chica con nosotros, no ponía en duda que hablar de Kady se iba a extender rápidamente por todo el pueblo. Principalmente, porque era conocida por ser chismosa. No tenía problema con eso. Mientras más rápido supieran que Kady tenía dueño, mejor.

"Botas para ti. Las compré en el pueblo. Por aquí todos usan botas, incluso las chicas lindas con vestidos atrevidos".

Esta mañana, tenía otro maldito vestido. Este era de mezclilla y llevaba un pequeño cinturón alrededor de la cintura y botones por todo el frente. Lucía como una camisa grande y era jodidamente sexy, aunque preferiría verla con una de mis camisas... y nada más. Llevaba otro par de sandalias en los pies. Planas. Tenía el cabello recogido con una cola de caballo, los rizos rojos domesticados, aunque no estaba seguro de por cuánto tiempo. Una vez que metiera mis manos en ellos, estarían sueltos y sobre sus hombros otra vez.

"¿Cómo supieron mi talla?".

Riley levantó su sandalia sexy de la noche anterior. Una de las que me había puesto en la espalda baja mientras la follaba contra la pared. En su otra mano estaba su vestido doblado, el que le había quitado y arrojado al porche y su sujetador de encaje colocado cuidadosamente en la parte superior.

Sus mejillas se pusieron de un rosado brillante y se mordió el labio inferior. "Yo..., um, me preguntaba a dónde se habían ido esas cosas".

Antes de que entrara a la casa la noche anterior, Riley las había visto y se devolvió para agarrarlas antes de irnos. De ninguna jodida manera nadie del rancho sabría nada de lo que habíamos hecho. A pesar de que lo habíamos hecho en la entrada, era privado, era algo de nosotros tres. Demonios, nunca iba a ser capaz de ver el porche sin pensar en lo húmeda que había estado, lo estrecha que estaba para llenarla. Los sonidos que emitía mientras se venía.

Mi pene se retorció al mirarla, ansioso por verla otra vez. Demonios, mi pene —y el resto de mí— no querían dejarla la noche anterior. Pero habíamos sido jodidamente intensos y no la culpaba por necesitar un poco de tiempo para procesarlo. Solo tenía que esperar que no fuésemos demasiado para ella.

Dos hombres deseándola, follándola en el porche. Había sido el sexo más ardiente de todos los tiempos. Rudo y salvaje, se había venido tan rápido. Yo también, y quería hacerlo otra vez, probarle que podía durar más que un adolescente. Y ver a Riley follarla, y a esos preciosos senos, rebotando con cada embestida de Riley contra su trasero perfecto…Dios, estaba duro otra vez. Ella lo había deseado. Cada apretón de su vagina, cada gemido y cada grito nos dijo que había estado ahí con nosotros. Demonios, ella lo había iniciado, pero eso no significaba que para ella fuera fácil de digerir. No tenía duda de que el tipo de sexo que habíamos tenido no era algo que ella tuviera todos los días. Ni nunca.

Para mí también estaba siendo difícil digerir todo esto. Apenas había podido pegar un ojo, pensando en lo ajustada que estaba su vagina. Tan húmeda. Lo salvaje que había sido con nosotros. Yo pensaba que sería apasionada, pero no fue así. No. Había sido tan salvaje como nosotros.

Aunque eso no significaba que Riley y yo hayamos sido unos completos animales. Fue la primera vez que lo hice desnudo. Sin condón. Siempre había tenido suficientes neuronas como para recordar ponérmelos. ¿Pero con Kady? Sí, se lo había hecho desnudo y había sido increíble. Riley dijo lo mismo, se sintió increíble por eso también. Había sido el mejor sexo de mi vida. Y había sido rudo y rápido contra la pared de la casa. Ella ni siquiera estaba desnuda. Solo le quité las bragas y la penetré profundamente. La pequeña maestra me hizo volverme loco. Ahora me preguntaba si la había lastimado; fui muy rústico.

Por supuesto que fui rústico.

"Siéntate", dije, acercándome a los escalones, sentándome en el primero. Se sentó a mi lado y levanté uno de sus pies, desamarré la pequeña correa a un lado de su sandalia, luego la otra así que estaba descalza.

Acercándome a las botas, saqué un par de medias altas que Betty nos había vendido también.

Kady las tomó y se las puso; luego, las botas.

"Ponte de pie, dulzura. Vamos a verlas".

Bajó las escaleras y caminó por el césped cortado mirando fijamente sus pies. "Nunca antes había tenido botas de vaquera".

Levantó la cabeza, sonrió con obvio placer. "Gracias".

"Esas rojas lucían perfectas para ti", dijo Riley.

Lo hacían. Le quedaban jodidamente bien. Las típicas botas puntiagudas con tacones de vaquera, pero las de ella eran rojas con detalles negros. ¿Y con el vestido? Perfectas.

"¿Les gustaría tomar un poco de café?", preguntó.

"Sí, señorita", dijo Riley, dándole una de sus sonrisas pícaras y su mano.

Se sonrojó otra vez cuando la tomó y entraron a la casa. Yo seguí detrás de ellos. Después de que manipuló la cafetera, agregó el café y añadió el agua, se volvió, nos miró de frente. "Yo…, um, lo siento mucho por lo de anoche. No por lo que hicimos, sino porque no debí haberles cerrado la puerta en la cara".

"Fuimos muy rústicos", dije inmediatamente. No era la única que tenía que disculparse. "Te desnudamos".

"Debimos haber usado condón. Si tienes un retraso, nos

lo haces saber inmediatamente", dijo Riley justo después, acercándose a ella, acariciándole el mentón.

Yo también había considerado esa posibilidad. Que habíamos sido irresponsables, que la pudimos haber dejado embarazada.

"Oh, eso". Deslizó los dedos detrás de su oreja, a pesar de que tenía el cabello recogido. Un hábito de nerviosismo del que estaba aprendiendo. "Estoy usando la píldora, así que no se preocupen por eso".

Suspiré y Riley le dio una sonrisa temblorosa. Aunque la idea de hacer un bebé con Kady era jodidamente sexy, no iba a ser hoy. O, al menos, no hasta que ella estuviese lista. Sí, era una locura considerar tener un bebé. Pero quería a Kady, y quería ver su vientre crecer con un niño que le pusiéramos ahí. Para saber que nuestro semen la llenó lo suficiente como para hacer uno.

"Estoy limpio. Puedo mostrarte los papeles si quieres". Riley me miró. "No es como si siempre lo hiciéramos. Siempre he usado condón. Todo el tiempo, hasta ahora".

"Igualmente yo. Cada vez, pero contigo, perdí la cabeza completamente. Y también estoy… Limpio, me refiero. Me hice las pruebas el mes pasado", le aseguré.

Se volteó, sacó tazas del gabinete cuando el olor a café inundó la gran cocina, y se ocupó en eso.

Una de las paredes de la habitación era toda de vidrio; la vista al oeste mostraba las montañas nevadas y el corral que estaba cerca. Los caballos estaban pastoreando mientras el sol hacia su recorrido por el cielo, secando el rocío y la lluvia de la noche anterior.

"Está bien. Quizás hayamos hecho las cosas al revés, pero yo también lo estoy. Limpio. Doné sangre el mes pasado".

Riley se acercó a ella por detrás, puso sus manos en la esquina a cada lado de sus caderas, rodeándola. "Eso está bien", dijo Riley, inclinándose y murmurándole al oído. "Está muy bien porque eso significa que podemos hacerlo sin condón otra vez".

Ella se volteó, lo miró, pero Riley no se movió, solo la mantuvo encerrada con sus brazos. "¿Habían hecho esto antes?".

"¿Hacerlo sin condón?", preguntó Riley.

Ella cerró los ojos por un segundo, como si la conversación fuera difícil para ella. "No. Sí. Me refiero a tener a una mujer. Juntos".

Me acerqué al mostrador, me incliné contra el refrigerador así que estaba justo al lado de ella. "Eres la primera para nosotros. La primera que follamos sin condón. La primera que reclamamos juntos. La primera con la que lo hacemos afuera así. Rudo. Fuerte. Duro. Demonios, cariño, te deseaba demasiado como para llevarte hacia la puerta".

Sonrió, claramente encantada de tener ese poder sobre mí.

"Solo necesitábamos saber si éramos demasiado". Me acerqué, deslicé un dedo por su hombro. "Si te lastimamos. Te hacemos daño. Tú dijiste que era grande. No quiero lastimarte".

Meneó la cabeza, sus ojos verdes miraron a los míos. "No me lastimaste. Me... me gustó".

Suspiré, sonreí mientras alguien tocó la puerta. Kady volteó la cabeza hacia el sonido.

"Probablemente sea uno de los hombres del rancho", dijo Riley. "Querían conocerte y les dijimos que vinieran cuando estuviésemos aquí. No quería que te preocuparas porque llegara un grupo de hombres extraños a tu puerta".

Cuando nuestra mujer nos dijo que no habíamos sido muy rudos y que le había gustado la follada salvaje que le dimos, tenían que aparecer los hombres del rancho. A pesar de que había dicho que no estaba dolorida, tenía mis dudas al respecto. Dos penes grandes a los que no estaba

Estimulada

acostumbrada penetrando su perfecta vagina implicaba que necesitaba un pequeño descanso. Pero eso no significaba que no nos podíamos meter debajo de ese bonito vestido para probarla. Estaba seguro de que sabía dulce. Como a miel.

Riley se retiró del mostrador y fue a abrir la puerta. Esperé a Kady, luego caminé a su lado, puse mi mano en su cintura. No podía resistirme al contacto.

Dos de los hombres entraron y Riley los presentó. A pesar de que no eran tan grandes como yo, eran altos, especialmente de pie uno al lado del otro. Formidables, sí. Pero no lastimarían a Kady. De ninguna maldita manera. Estos chicos cuidaban mujeres. Las vigilaban, las protegían, incluso si no pertenecían a ellas.

"Kady, él es Jamison, el capataz y Sutton, el jefe de los empleados".

Se quitaron los sombreros de vaquero y estiraron la mano, ofreciendo sonrisas pequeñas y gran interés. Sabían del testamento, de las cinco hijas que habían heredado todo y habían estado tan curiosos como el resto de nosotros por ellas. Como Kady fue la primera en venir al rancho, y era hermosa, mantuvieron la curiosidad. Kady, a su vez, los miró con el mismo interés. No sexual, sino como con un poco de sorpresa. No eran maricones de la Costa Este en trajes y que entrenaban en caminadoras. Habían conseguido sus músculos con trabajo duro y experiencias con una vida difícil en Montana.

Jamison era una década más viejo que yo. Cerca de los cuarenta, era serio, incondicional. Un verdadero vaquero de principio a fin. Demasiado viejo para Kady. A Sutton le gustaban las cosas un poco pervertidas y si eso era algo que le gustaba a Kady, Riley y yo éramos los únicos que se lo íbamos a dar. Nunca iba a deslizar siquiera un dedo meñique sobre ella.

Los fulminé con la mirada por detrás de la espalda de

Kady, asegurándome de que entendieran que ella había sido tomada. A pesar de que no pensaba que ninguno de ellos fuera atractivo, las chicas del pueblo sí lo pensaban y eran atraídas hacia ellos como unos malditos imanes. Solo tenía que esperar que Kady no pensara lo mismo. Sabía que Jamison y Boone, el médico del pueblo, estaban buscando a una mujer para compartirla, pero no la habían encontrado todavía. Y en vista de que Kady no se oponía a los tríos...

"Señorita, qué botas tan lindas", dijo Jamison con una sonrisa de cortesía. "Yo vivo en la cabina junto al arroyo por si algún día precisas algo". Señaló con la cabeza hacia Sutton. "Él y los otros están en el albergue. Los números de teléfono del rancho están a un lado del refrigerador, por si en algún momento necesitas a cualquiera de nosotros".

Kady asintió. "Gracias. Me aseguraré de bajar y presentarme a todos antes de que pase demasiado tiempo".

"Si estás interesada en montar, puedo ensillar un caballo para ti", le dijo Sutton, metiendo los pulgares en los bolsillos de enfrente de sus pantalones.

¿Montar? Lo único que iba a montar Kady era mi pene. Justo como lo había hecho la noche anterior contra la pared de la casa, bonito y duro, profundo y salvaje. ¿Y esos tacones? Demonios, habían sido como espuelas, me pusieron más salvaje que nunca.

Después de que Kady dio las gracias por la invitación, los hombres no persistieron. Quizás había sido muy obvia la forma en que los vi por detrás de la espalda de Kady que los hizo despedirse. Tenían que estar lo más lejos de Kady como fuera posible.

Volvió a la cocina mientras Riley cerró la puerta de entrada y me dio una mirada significativa. Era nuestra. Iba a tener que bajar al albergue y asegurarme de que todos lo supieran. Ella podía usar los vestidos más bonitos y tener las curvas más hermosas de este lado de las Montañas Rocosas, pero Riley y yo éramos los únicos que nos podíamos meter en sus bragas. O meterlas en los bolsillos de nuestras camisas como lo había hecho Riley la noche anterior.

Mientras Kady sacó la leche del refrigerador, puse las llaves del SUV sobre la encimera. "Estas son para que manejes".

Se volteó, miró las llaves sospechosamente mientras sostenía la jarra en su mano. "¿Manejar?".

"Tu carro. No puedes estar atrapada aquí en el rancho todo el tiempo. A pesar de que el pueblo es pequeño, querrás poder salir. A la tienda, de compras, a la iglesia. Demonios, a donde sea que quieras".

"No tengo dinero para un carro", replicó, colocando la leche sobre la encimera y asomándose por la ventana para ver el SUV.

"Sí, si tienes".

"No necesito eso". Se volvió para mirarnos, señaló a la ventana. "Algo más pequeño y barato".

"No te vas a encoger", dije con un gruñido. Cuando frunció el ceño, suspiré. "Queremos que estés segura, cariño".

"¿Y en cuanto a más barato?", Riley se encogió de hombros. "Piénsalo de esta forma. Es un vehículo de rancho. Como eres la única aquí, puedes manejarlo".

Nos miró con cautela, incluso frunció los labios. Sabía que Riley estaba girando todo el asunto, pero no tenía otra opción. No iba a ganar esta ronda. "Está bien".

Satisfecho, fui hacia la cafetera y serví un poco de café en las tres tazas.

"Ambos tenemos que estar en la corte esta tarde. En Helena", dijo mientras le alcancé una taza. Su voz sonaba tan resignada como yo me sentía. No podíamos quedarnos y estar con ella como queríamos —desnudos— y en su cama. Pero le habíamos dado lo que necesitaba por hoy. Botas resistentes —y seductoras— y el SUV.

"El juicio puede que dure todo el día y si el juez llama a receso, será hasta mañana", explicó Riley. "Estaremos de vuelta entonces. Si nos lo permites, nos gustaría sacarte a pasear".

No tenía ningún interés de quedarme en Helena durante toda la noche. El maldito juicio no pudo haber llegado en un peor momento, pero había estado en proceso desde antes de que muriera Aiden Steele. Y el juez no iba a aceptar un retraso porque uno de los abogados y un testigo clave necesitaban follarse a su chica.

"Me parece bien", dijo ella, fácilmente.

Impaciente, fui hacia Kady y llevé mi mano a su cabello. Suave y sedoso. Quería tirar la goma que lo sostenía hacia atrás y enredar mis dedos por toda su longitud. "¿Anoche te asustamos?".

Sus ojos verdes miraron a los míos y los vi brillar; vi sus mejillas ruborizarse.

"Fuimos rudos. Realmente rudos. Demonios, cariño, no sé cómo ser amable. Y contigo simplemente no me puedo controlar".

Incliné mis caderas contra su cinturón para que pudiera sentir lo duro que estaba.

"Como dije antes, no fuiste tan rústico. Deja de preocuparte".

Tomé su mandíbula, giré su cabeza hacia un lado. "Marqué tu cuello. ¿Te quedaron algunas marcas? Te debe doler la espalda".

Negó con la cabeza. "Estoy bien. Yo..., um, te dije que me gustó. Me gustó todo por si no lo habías notado". Sonreí, aliviado. "Sí, lo notamos".

"Y queremos hacerlo otra vez", añadió Riley, acercándose por detrás de su espalda e instalándose en su parte trasera. "Aunque quizás en una cama".

"Al menos adentro", replicó, con el humor que invadía sus palabras.

"No necesitamos una cama". Miré por encima de mi hombro hacia la encimera de la cocina. "Esta isla estaría bien". Riley gruñó. "No podemos hacer esto. Si lo hacemos, nunca nos iremos y llegaremos tarde a Helena".

A mi pene no le gustaron las palabras de Riley. Di un paso atrás, no obstante, agachándome y acomodando mis pantalones. No estaba interesado en tener una marca de cierre en el pene.

"Soy una chica grande, estaré bien. Y ¿quizás estamos yendo muy rápidamente?", preguntó Kady.

"¿Rápidamente?", replicó Riley.

"Esto... lo que sea que es. Es intenso", admitió ella, señalándonos con su mano a los tres. "Yo nunca... esto nunca, quiero decir, nunca debió haber sido así".

"¿Cómo así?", preguntó Riley.

Cerró los ojos por un segundo, luego se encontró con mi mirada fija. "Potente".

"Demonios, sí", dijo Riley.

Potente. Esa era una palabra para esto. Ella era como una maldita droga.

"Nosotros lo sentimos también, cariño. Te dijimos que te queríamos. No vamos a cambiar de parecer".

Cuando dije las palabras, Riley asintió en señal de acuerdo.

"Está bien".

Riley hizo recorrer sus dedos por debajo de su barbilla. "Buena chica".

"Dime, cariño. ¿Tienes bragas puestas?". Teníamos que irnos, pero eso no significaba que no podíamos dejarla pensando en nosotros. Para hacerla desearnos, tanto como nosotros la deseábamos. Y llevarnos un recordatorio para el camino.

Se formó una pequeña V en su ceja. "Sí".

Torcí mi dedo. "Dámelas".

Riley se movió para inclinarse contra la encimera, cruzó los brazos para mirar.

Nos miró a los dos; y ante nuestros ojos, pudimos ver su mente cambiando de ritmo, despertándose por nuestras palabras, lo que queríamos que hiciera. La forma en que nos mirábamos fue algo hermoso. Una sumisión sutil. Ella debía estar sorprendida por la tranquilidad con que esto estaba sucediendo.

Presioné la palma contra mi pene para que bajara.

Las manos de ella se movieron hacia afuera de sus muslos, levantando el borde de su vestido en el camino, hasta que enganchó sus dedos en el borde de sus bragas y los deslizó bajo sus piernas. Solo mostró el inicio de su trasero antes de que pusiera el vestido en su lugar. Cuidadosamente, sacó sus bragas por encima de sus botas nuevas y se las quitó, sosteniendo el pequeño pedazo de tela con un dedo.

Eran color lavanda, de encaje y minúsculas.

Me acerqué y las tomé. Estaban húmedas y todavía tibias por el calor de su vagina.

Gruñí.

"¿Estás húmeda por nosotros?", preguntó Riley.

Kady asintió.

"Tócate y muéstranos".

Alcanzando la zona debajo de su vestido una vez más, siguió las órdenes de Riley y se acarició su carne fresca. Cerró los ojos y separó los labios, y supe que se estaba tocando.

"Muéstranos", repitió Riley en un gruñido.

Ella levantó la mano, nos mostró los dos dedos que estaban empapados de sus jugos. Riley se puso de pie, agarró su mano y tomó esos dedos resbaladizos dentro de su boca, lamiéndolos.

"Demonios, qué dulces", gruñó una vez que estaban limpios. "El sobrenombre de Cord es perfecto para ti". Me miró y supe que estaba a segundos de ponerla acostada en la maldita isla de la cocina, separar sus muslos, levantarle el vestido y comérsela.

"Tu vagina, Kady, es nuestra", dijo Riley.

Pensé que se quejaría, que estábamos siendo bastardos posesivos, pero ella solo asintió. Apreté la mandíbula, sabiendo que esa vagina era, en efecto, nuestra. Y cuando la tomáramos otra vez, no habría nada entre esta y nuestros penes. Sin condones, solo piel contra piel. Follar crudo.

"No toques nuestra vagina", le dije. "Si quieres venirte, espera a que volvamos mañana. Cuidaremos bien de ti".

Sus ojos se quedaron mirando los míos y vi el deseo, la necesidad ahí. Todos estábamos excitados, listos para follar e íbamos a estar de mal humor hasta mañana.

"Tienes nuestros números de teléfono. Si necesitas algo, incluyendo un orgasmo, nos llamas".

"En cualquier momento", añadió Riley.

Kady asintió otra vez.

Salimos, la dejamos de pie ahí, toda caliente y húmeda, dulce y perfecta. Mi pene estaba furioso conmigo, pero no había nada que pudiera hacer. Por ahora. ¿Mañana? Kady no iba ni a recordar su nombre cuando acabáramos con ella.

6

ADY

Pensé en Riley y Cord durante todo el día. ¿Cómo no iba a hacerlo si me dejaron desnuda y necesitada? Apenas se fueron, subí corriendo las escaleras hacia mi habitación y abrí mi gaveta de ropa interior, lista para ponerme un nuevo par. Pero mientras me quedé mirando a la pila de seda y satén, sonreí. Al ritmo que iba con esos dos, mi gaveta estaría vacía antes de la mitad del mes. Cord me había guiñado un ojo mientras se llevaba el par de color lavanda, que había estado usando, al bolsillo de sus pantalones mientras caminaban hacia la puerta.

Yo nunca estaba sin bragas. Nunca. Con el vestido, no podía olvidar que estaba desnuda mientras el aire frío tocaba mi acalorada —y húmeda— vagina. Apretar los muslos no hacía nada para aliviar el dolor. ¿Y el concepto de no usar bragas? Era bastante dócil, pero para mí, *la señorita maestra de escuela*, era decadente. Travieso.

No tan travieso como follarlos a los dos en el porche. Y por eso cerré el vestidor y fui al pueblo en el nuevo SUV apenas me dejaron. Siendo Barlow tan pequeño, fácilmente descubrí dónde habían comprado mis botas, y fui a hacer unas algunas compras de pantalones. Solo me aseguré de no mostrar demasiado a nadie y me mantuve alejada de los vientos fuertes.

Me compré un par de vaqueros, porque basándome en las mujeres que veía alrededor, mis usuales vestidos eran más de iglesia que de rancho. A los chicos no parecía importarles, especialmente, porque tenían fácil acceso exactamente a lo que querían. Ni siquiera esperaba ser considerada una vaquera de Montana, pero si iba a montar un caballo alguna vez, los pantalones eran importantes.

Más tarde esa noche, mientras tomaba un baño en la bañera grande del baño principal, pensé en Aiden Steele. Mi padre. No había muchas fotos de él por la casa. Solo unas pocas en su oficina, pero estaba en grupo. A pesar de que siempre me habían dicho que lucía igual a mi madre, inmediatamente supe de dónde obtuve mis ojos. Aiden. Los suyos eran tan verdes como los míos y similarmente anchos. Pero eso parecía ser lo único que me había dado. De seguro que ahora era rica gracias a él, aunque nunca habíamos hablado. Nunca supe que existiera. Había esperado que hubiese una carta o, incluso, una nota adhesiva para mí. Pero su oficina —y el resto de la casa— habían sido limpiadas de sus rastros personales. No había ningún papel de ninguna importancia en su escritorio. Nada en el archivador de madera de la esquina.

Tuve que preguntarme si me hubiese gustado conocerlo. Los chicos dicen que era un hombre difícil y mi madre nunca lo mencionó. Ni una vez sospeché que mi padre —Michael Parks— no fuese mi padre biológico. Tuve que preguntarme si mi madre, si estuviese viva, eventualmente me hubiese hablado de Aiden. Ahora nunca lo sabría. Todos mis padres, aparentemente, estaban muertos. A pesar de que estaba sola en la casa, por ahora, tenía hermanas. Un montón de ellas y todas pertenecían aquí tanto como yo. Y Beth. Pero eso no era todo.

Tenía a Cord y a Riley. Me levanté de la bañera y me sequé con una de las toallas lujosas. Era una locura pensar que teníamos una relación. Que esta...*cosa* entre nosotros era más que una aventura. Nunca antes había tenido una aventura de una noche. Y las relaciones a largo plazo que había tenido no habían sido así de ardientes y pesadas. Me había tomado semanas tener relaciones sexuales con esos hombres. Había sido algo gradual. Como un glaciar. Esto con Cord y Riley, era como una corriente de río que me había arrastrado y me estaba llevando a través de él. No podía luchar contra esto. No quería.

Me puse mi bata, alcancé la toalla detrás de la puerta y me fui hacia mi habitación. La luna estaba tan brillante que no necesitaba luces.

Me deslicé la bata, me puse mi pijama y me metí debajo de las sábanas frescas; la casa, oscura; la noche, tranquila. Mi ventana estaba abierta para sentir el aire fresco de verano y solo la luna le brindó un destello de luz a la habitación. Estaba inquieta; mi cuerpo, necesitado. Pateé las sabanas hacia abajo por medio de mis pies.

Necesitaba a Cord y a Riley. Quería que me tocaran. Sus palabras sucias. Sus penes.

Gemí y deslicé mi mano hacia abajo entre mis muslos, solo el delgado algodón de mi pijama me apartaba del contacto directo con mi vagina. Descendí mi mano por mi estómago, presioné mi palma contra mi monte, con mi trasero suspendido en el aire. La tela se puso húmeda inmediatamente contra mis dedos y los saqué. Cord me había dicho que no me tocara, pero giré mis caderas en círculos, esperando que la cama rozara contra mi clítoris hinchado. Si me venía por las sábanas, eso no contaría como tocarme.

Gruñí de frustración. Estaba enganchada. Como Beth, era adicta. Pero Riley y Cord no eran peligrosos. Alteraban la vida, definitivamente, pero de una buena manera. Nunca me había sentido tan despreocupada, tan emocionada desde hacía un buen tiempo. Y excitada. No tenía idea de que era un ser sexual, de que podía excitarme con solo pensar en Cord y Riley. Podía simplemente tocarme, pero no habría diversión en eso. Rápido, pero vacío, solo sería un alivio. Podía llamarlos, tomar su propuesta de tener sexo telefónico. Amaba la extraña necesidad de obedecerlos en esto y solo tocarme cuando me dieran permiso, incluso si era por teléfono, y aun así quería venirme.

Gruñí, me enrollé otra vez e intenté dormirme mientras miraba las cortinas menearse con la suave brisa.

Algo me asustó, haciendo que me sentara de golpe en la cama. Debí de haberme quedado dormida, por lo que estaba confundida acerca de dónde estaba. Miré alrededor, recordé la habitación acogedora que había escogido en la casa Steele. Estaba en Montana. Relajando los hombros, me recosté en la cama, solo para levantarme de nuevo.

Había un ruido. No un ruido de afuera como un carro. Estábamos tan lejos de la carretera que no había carros manejando por ahí. Era un animal. Era...

Un golpe.

Un mueble se movió. Al igual que mi corazón, hasta mi garganta. Había alguien en la casa. Me levanté de la cama y fui hacia la puerta. Estaba parcialmente abierta y me asomé. Todo lo que pude ver fue un pasillo oscuro, pero, definitivamente, había alguien caminando por ahí. ¿Serían Jamison o Sutton?

No. Ellos no entrarían a la casa a medianoche sin

anunciarse. Ni siquiera entrarían sin tocar el timbre. No a menos que hubiese una emergencia, y entonces, me llamarían.

Esta persona no estaba tratando de llamar mi atención. Tuve que pensar que no sabía hacia dónde iba. Una silla era arrastrada por el piso de madera. Él, ellos, o quien sea que fuera, todavía estaba en el piso de abajo.

Oh, Dios. Nunca me había pasado algo como esto. ¿Qué iba a hacer? No tenía un arma, no estaba entrenada en defensa personal. No podía salir por la puerta de entrada, las escaleras estaban justo en la mitad de la casa y dondequiera que estuviese la persona, me vería. Y yo no era tan silenciosa —o pequeña— para pasar de puntillas hacia el otro lado.

Otro golpe.

Mi corazón hacía tanto ruido que sentí que se me iba a salir del pecho. No había ningún teléfono en mi habitación, pero tenía mi teléfono celular. Dios, ¡mi teléfono! Fui hacia la mesita de noche tan silenciosamente como pude, le quité el cargador. Con dedos temblorosos, llamé al 911.

"911, ¿cuál es su emergencia?".

"Hay alguien en la casa", susurré al teléfono, cubriéndome la boca con la mano.

"Señora, apenas puedo escucharla. ¿Se encuentra en problemas?".

"¡Sí!", siseé.

"¿Dónde se encuentra?".

"En el Rancho Steele".

Tuve que esperar que la mujer supiera dónde era porque no tenía idea de la dirección. ¿Había siquiera un número de calle para un rancho de más de 60,000 acres?

"¿Dijo Rancho Steele?"

"Sí".

"Le estoy enviando oficiales ahora mismo".

Otro golpe, esta vez más fuerte.

Me desconecté. Estaba en el medio de la nada. Dios, ¿cuánto se iba a tardar la policía en llegar? ¿Dónde estaban? ¿En Barlow?

Pude haber llamado al albergue. Había un grupo de hombres justo una colina abajo. O a Jamison. Pero no tenía sus números. Jamison había dicho que la lista con los números estaba a un lado del refrigerador.

No iba a suceder.

Cord. Riley. Tenía sus números. Podía llamarlos. Deslizándome tan rápido como pude, encontré el número de Cord primero por orden alfabético, presioné "llamar". Otro golpe me hizo saltar. ¡Ring!

Oh, Dios. ¡Estaban en Helena!

No iban a poder llegar a tiempo. ¿Qué iba a hacer? Yo…

"Ey, dulzura. No te has tocado, ¿verdad?".

"Cord. Ayuda", susurré.

"¿Qué pasa?".

Quizás era mi tono de voz, pero inmediatamente supo que no necesitaba ayuda para un orgasmo.

"Hay alguien en la casa", respondí.

Escuché que Cord hablaba con alguien, su voz se escuchaba fuerte en mi oído, pero no estaba poniendo atención.

"Exactamente, ¿dónde estás?", preguntó.

"En mi habitación".

Caminé hacia la esquina, me encogí de hombros para ser lo más silenciosa posible.

"Vamos en camino".

"¡Helena está muy lejos!", susurré.

"Ya casi llegamos a Barlow. Acabamos de pasar el camino hacia el rancho. Riley está dando la vuelta. Métete en el armario. En el piso. Cierra la puerta. Lo que sea que hagas, no salgas hasta que escuches a alguno de nosotros. ¿Entendido?".

Estimulada

Asentí, me di cuenta de que no podía escucharme, y respondí: "Apúrense".

Al finalizar la llamada, abrí la puerta del armario tan lentamente como pude, pero cuando escuché pasos subiendo la escalera, supe que no había tiempo. Quien quiera que fuera me iba a encontrar.

El armario, sin embargo, era pequeño. Diminuto y mis maletas estaban en el piso. Tanto para que la habitación de la criada sea acogedora. No cabía y no podía sacar las bolsas porque iba a ser obvio dónde estaba.

Miré alrededor, escuché un crujido en el piso. La persona se había dirigido a la habitación principal. ¡Me estaba buscando!

No había un lugar donde pudiera esconderme, así que hice la única cosa en la que podía pensar. El único lugar donde podía estar segura. Me salí por la ventana.

7

ILEY

Cuando sonó el teléfono de Cord y lo levantó para que yo viera el nombre de Kady en la pantalla, sonreí y mi pene se puso duro instantáneamente. Ya casi llegábamos al pueblo después de un largo día en Helena. Tuve que testificar, pero el testimonio de Cord no fue necesario y los dos fuimos excusados. Decidimos no pasar la noche allí, deseando volver para poder ver a Kady a primera hora. Justo cuando Cord le preguntó, supuse que quería un juego nocturno de sexo telefónico, o quizás nos iba a pedir que fuéramos a verla para hacerlo todo, contento de que hayamos vuelto cuando lo hicimos.

No esperábamos que nos dijera que había alguien en la maldita casa. Cuando Cord me dijo lo que estaba pasando, con su voz perdiendo el tono de broma para ser reemplazado por precisión militar, hundí los frenos y confiamos en nuestros cinturones de seguridad; los neumáticos patinaron sobre el pavimento. Di un giro inesperado y tomé el desvío al rancho. Me fui por la noventa —agradecido de que fuese recta y plana—, pero teniendo la esperanza de que ningún ciervo decidiera aparecer en nuestro camino.

Cord manipuló su teléfono, se lo puso en el oído otra vez.

"Jamison, Kady avisó que hay alguien en la casa principal", dijo Cord al teléfono. "Un ratero. Un ladrón. Demonios, Papá Noel. Ve hasta allá porque está sola. Acabamos de agarrar la carretera del condado. Bien. Solo no nos dispares cuando lleguemos".

Cuando me apoderé del volante y traté de recordarme que debía estar calmado para manejar, escuché a Cord terminar la llamada con Jamison, luego escuché otra a Sutton en el albergue, esperando que uno de ellos llegara hasta Kady antes que nosotros.

Al ritmo que íbamos, llegaríamos en cinco minutos. Muchas cosas podían pasar en ese tiempo. Muchísimas.

"¿Quién demonios está en la casa?", pregunté cuando se puso el teléfono en el regazo.

"¿Y por qué?", replicó, mirando la oscuridad por la ventana. "¿Estarán buscando a Kady? ¿Qué carajo querría alguien con una maestra?".

"Quizás alguien supo que está vacante la casa y, finalmente, decidió ir a robar", solté.

"Han pasado meses y el rancho no está, precisamente, abandonado. Quince malditos hombres viven ahí. ¿Por qué ahora?".

No tenía una respuesta y él, tampoco. Se suponía que debíamos proteger a Kady y, cuando apenas teníamos nuestros penes en sus manos, un bastardo fue a perseguirla.

"Apaga las luces antes de llegar a la subida. Pasa muy despacio por el policía y párate cerca de la casa".

Hice lo que dijo Cord —su entrenamiento militar nos estaba ayudando porque yo planeaba manejar hasta el maldito porche— y tan pronto como apagué el motor, estábamos corriendo hacia la casa. Estaba oscuro, solo la luz exterior de la puerta principal estaba encendida.

"Iré a revisar por detrás", murmuré, y nos separamos.

Justo después sonó un disparo, haciendo eco a través de la pradera vacía. Me detuve, giré sobre mis talones. "A la mierda la puerta de atrás", murmuré y seguí a Cord por los escalones del porche.

Jamison estaba en la base de las escaleras y se volvió cuando entramos.

"¡Despejado!", el grito venía de las escaleras.

Jamison asintió y tomamos los escalones dos a la vez.

"Por aquí". Era Sutton y seguimos su voz hacia la habitación principal. Encendió la luz y ahí estaba, con el rifle en la mano, de pie al lado de un cuerpo. Gracias al cielo, un hombre, no Kady.

Estaba respirando rápido cuando miramos al hijo de puta. Blanco, de unos treinta años. Calvo, camiseta negra y vaqueros. Un tatuaje en su brazo derecho. La sangre corría desde la herida en su pecho. Sutton le había disparado justo en el corazón y no había duda de que estaba muerto.

"Un tiro al blanco", dijo Sutton con voz baja. Mortal. No conocía su pasado, pero fue tan preciso como si hubiese hecho esto antes. Tenía antecedentes militares o policiales, eso estaba más que seguro.

"¿Dónde está Kady?", pregunté, mirando alrededor.

"No está aquí", respondió Jamison, yendo más adentro de la habitación, luego metiendo la cabeza en el baño principal.

"¡Kady!", grité, corriendo al segundo piso hacia la habitación de la criada que había decidido que era la suya. Empujé la puerta con tanta fuerza que se golpeó contra la pared. Se cayó una fotografía al suelo, rompiéndose el vidrio.

Agarré la puerta del armario, tiré de ella. Estaba demasiado oscuro como para poder ver algo, pero Kady no salió. Cord encendió la luz y pude ver que el lugar era jodidamente pequeño y estaba lleno de cosas. Sin Kady. Solo unos malditos trajes.

Cord estaba detrás de mí, pasándose la mano por detrás del cuello.

"¡Kady!", gritó, su voz retumbó por las paredes.

"¡Aquí!".

Lo mire y frunció el ceño, con su cabeza dando vueltas.

"Estoy aquí afuera".

Cord se dio vuelta, levantó la ventana para que se abriera unos pocos centímetros y asomó la cabeza. Recordé que todas las ventanas del segundo piso miraban hacia el porche.

"Santo cielo, Kady. Tranquila. Todo está bien".

Después de un segundo, Cord retrocedió y se levantó, extendió su mano hacia Kady para ayudarla a subir. Una vez que estuvo de pie en el piso, Cord la tomó en sus brazos, la abrazó fuerte. Ella enrolló sus piernas en su cintura, se aferró a él y empezó a llorar.

Suspiré, deseando que mi corazón se calmara al ver que estaba completa. Sin ningún daño. Asustada como la mierda, pero completa. Tenía una pequeña bata de noche que apenas le cubría el trasero, y tuve que preguntarme lo que el hijo de puta le hubiese hecho si la hubiera visto con eso puesto. Apreté los dientes al pensar en eso, contento de que el tipo estuviese muerto.

Jamison y Sutton se pararon en la puerta, con alivio claro en sus rostros, pero evitando sus miradas.

"Nos la llevaremos de aquí", dijo Cord, caminando hacia la puerta.

Ellos dieron un paso atrás, le dieron lugar para que pasara y lo siguieron.

"Llama a Archer. Que ponga a sus hombres a investigar quién era ese hijo de puta", ordenó, tomando las escaleras con paso más lento, probablemente, para no mover a Kady. "¿Por qué estaba en la maldita casa?".

"Lo llamé cuando venía en camino, dijo que ya lo habían llamado de la casa", dijo Sutton, refiriéndose al oficial. Él era nuestro amigo, nos habíamos tomado unas cervezas con él en ocasiones y se había tomado esta mierda en serio. "Debería llegar pronto".

Kady debió haber llamado al 911 antes que a nosotros. Una chica inteligente.

"Ella no va a regresar para acá hasta que averigüen lo que pasó. Si Archer necesita hablar mañana con ella, va a estar en nuestra casa".

Jamison y Sutton no dijeron nada. No tenían que hacerlo. Alguien casi lastima a uno de los nuestros e íbamos a descubrir porqué. Hasta entonces, no iba a perder de vista a Kady. Por la forma en que Cord la cargó, él sentía lo mismo. No había manera de que la dejáramos ir.

8

 ORD

Santo cielo. Yo había estado en la guerra. Había visto batallas. Me había preparado para esto, entrenado. Armado hasta las malditas agallas. ¿Pero esto? ¿Con Kady? Mierda. Nunca antes había estado tan asustado. Nunca. Estaba aferrada a mí, sus brazos y piernas se envolvieron a mi alrededor en un abrazo mortal, llorando en mi cuello. Con un brazo envuelto alrededor de su espalda baja, el otro tapando su trasero, la cargué hacia afuera de la casa. Sabía que Jamison y Sutton se iban a hacer cargo de esa mierda, iban a averiguar qué demonios estaba pasando. Quería hacerlo yo mismo —ese era mi trabajo, proteger lo que era mío—, pero Kady era más importante. El hijo de puta estaba muerto y nunca más la iba a poder lastimar. Era un alivio, saber que estaba bien, que Sutton le había dado a ese bastardo pervertido, incluso antes de que pudiéramos llegar hasta nuestra chica…

Riley manejó rápidamente a casa, pero no de manera irresponsable. Llevé a Kady adentro de la casa, a la sala de recibo. Se sentía tan bien en mis brazos, la increíble sensación de su piel suave a través de esa pequeña bata. Riley se sentó en el sofá y agitó sus dedos hacia mí para acariciarla. La había sacado de la casa principal en el Rancho Steele, la había sostenido en mis brazos mientras él manejaba de vuelta al pueblo. Él quería —no, necesitaba— su turno sosteniéndola. Saber que estaba viva.

Sin embargo, no les di mucho espacio, solo me senté en la mesa de café, así que mis piernas casi chocaban contra Riley, con mis codos en las rodillas. Ella había dejado de llorar, pero tenía la cara hinchada y los ojos rojos. Tenía el cabello un poco despeinado. Sus dedos se curvaron en la parte delantera de la camisa de Riley como si tuviese miedo de que desapareciera.

"¿Quieres decirnos qué pasó?", preguntó Riley, con voz suave. Le besó la parte superior de la cabeza.

Respiró profundamente, lo dejó salir. "No hay... no hay mucho que contar". Sus ojos verdes miraron a los míos. "Estaba dormida y un ruido me despertó. Primero, no sabía qué era, pero lo escuché de nuevo. Fui hacia la puerta del dormitorio, me asomé. No había nada que pudiese ver, la casa estaba oscura".

Su voz sonaba suave, cansada.

"Luego hubo más ruidos, y supe que había alguien ahí. Por un segundo, pensé que quizás serían Jamison o Sutton. O los otros hombres que viven en el rancho, pero ellos no entrarían a la casa sin, al menos, avisar".

"Sutton dijo que llamaste a la policía".

"Lo hice, pero no sabía qué tanto se iban a tardar, porque el rancho está *realmente* lejos. No creí que llegarían a tiempo para ayudar. Entré en pánico. Yo... yo decidí llamarlos, pero mientras el sonido de la llamada repicaba, recordé que estaban en Helena".

Dirigí mi mirada hacia Riley y la mirada en sus ojos me dijo que estábamos pensando lo mismo. Gracias al cielo que volvimos a casa cuando lo hicimos.

"Pero ustedes contestaron y bueno… ya saben el resto", terminó.

"¿Y el techo?", pregunté, pensando en cómo la había encontrado agachada en la esquina junto a la chimenea de ladrillo. Era el lugar perfecto para esconderse. Oscuro y, como su ventana estaba en la parte trasera de la casa, no iba a ser visible desde la carretera. La única forma en que el hijo de puta la hubiese visto era si hubiese hecho lo que yo hice, sacar la cabeza fuera de la ventana y mirar a la izquierda.

"Mejor que el armario", respondió Riley por ella.

Ella solo asintió contra su pecho.

Sonó mi teléfono y me puse de pie, sacándolo de mi bolsillo. Como no era un número del rancho, tuve que suponer que era Archer. Por esta razón, caminé hacia la cocina para que Kady no escuchara.

"Sí", dije al teléfono.

"Es Archer. ¿Tu chica está bien?".

Me llevé la mano al rostro. A pesar de que quería que Kady estuviese en nuestra casa más que nada, tenía mis dudas.

"Parece estarlo. Por lo que nos ha dicho hasta ahora, nunca vio al tipo". Bajé la voz cuando la escuché a ella y a Riley hablando. "Nos aseguramos de que nunca viera el cuerpo".

Todo lo que sabía era que alguien había estado en la casa y que habíamos ido por ella. Eso era suficiente. No era exmilitar y no era expolicía. Esta mierda no pasaba en su mundo.

"Eso es bueno". Escuché el suspiro de Archer. "El tipo no

tenía identificación, pero tenía una navaja Ka-Bar metida en una funda en el tobillo".

"Mierda". Esa era una jodida navaja seria y había planeado usarla. Y la única en la casa era Kady.

"Ninguno de mis hombres lo reconoció como si fuera de por aquí. Lo llevaremos a la morgue, tomaremos sus huellas, veremos qué arrojan".

Escuché el quejido de Kady. Mierda, no quería que llorara otra vez. No podía manejarlo. Esas lágrimas eran como un cuchillo en mi corazón. Y por la forma en que se había aferrado a mí, enrollado a mí como un jodido mono, estaba desesperada por contención. Tuve que esperar que Riley pudiera calmarla, ya que yo había hecho un trabajo de mierda. Me moví para poder ver hacia la otra habitación, para vigilarla. Pero Kady no estaba llorando. Estaba lejos de estarlo. Todavía estaba en el regazo de Riley, y ahora estaba a horcajadas sobre su cintura. Un tirante de su pequeña bata estaba fuera de su hombro y Riley tenía la boca en su pezón. No pude perder de vista su mano tampoco. Por debajo del dobladillo de su bata y entre sus muslos. Estiró su cabeza hacia atrás con un gemido y sus caderas se balanceaban.

Esto no me lo esperaba. En lo absoluto. La había visualizado en mi regazo mirando una película, que se sintiera segura y protegida. No complacida.

"¿Esto es lo que necesitas?", preguntó Riley, mirando a Kady desde su seno. Pude ver que el pezón expuesto estaba duro y mojado por su boca.

"Cord".

Me tomó un segundo darme cuenta de que Archer seguía hablando, y no había estado prestando atención. "Sí", respondí, con voz áspera. Mi pene se hinchó instantáneamente al ver a Kady follándose a sí misma con el dedo de Riley. Iba hacia arriba y hacia abajo, balanceando sus caderas, con sus senos saltando mientras lo hacía. Y esa bata ligera era más sensual que cualquier otra lencería que hubiera visto.

"Te mantendré informado", dijo Archer.

Solté un gruñido como respuesta y rompí el contacto visual; el tiempo suficiente para finalizar la llamada. Puse el teléfono en la encimera, estaba listo para ir y unirme a ellos, pero me detuve. Escuché.

"Así es. Déjalo ir. Estás a salvo. Buena chica", murmuró Riley, luego se inclinó y le chupó el pezón otra vez, lo liberó con una ruidosa explosión. Él sonrió mientras ella gritó.

"No es suficiente", jadeó, luego gimió cuando Riley se inclinó hacia atrás.

Escuché el metal de su hebilla, luego vi sus manos dirigirse a las caderas de Kady y colocarla abajo.

Ella gritó, sus ojos se abrieron más. Riley gimió al mismo tiempo y supe que estaba hasta las bolas metido dentro de ella. No había sido suave o lento. No, la llenó de una vez. Los sonidos que hacían los dedos de Riley mientras trabajaba en ella comprobaban que estaba húmeda. No la hubiera tomado si no hubiese estado lista.

Moviéndose un poco, podría decir que se estaba ajustando para tener un pene que la atiborrase por completo. Su cabello era como un desorden de rizos en su cabeza, y con la bata caída por un hombro y el seno desnudo, se veía muy lasciva. Como si fuese inocente y Riley estuviera haciendo un jodido buen trabajo corrompiéndola.

Pero él solo estaba follándola. En la vagina. No había mucho de corromper con solo eso. Íbamos a hacerle tantas cosas más, tantas cosas sucias que quizás ella *era* inocente en cierta forma.

Él empezó a moverla, guiándola hacia arriba y hacia abajo con las manos en sus caderas. Sus senos saltaban mientras la penetraba con más intensidad.

Observarlo era un maldito éxtasis. Tuve que abrirme el

pantalón, solo lo suficiente para sacarme el pene, darle espacio para que creciera porque cada jadeo de placer, cada sonido resbaladizo de su vagina tragándose el pene de Riley hacía que se pusiera más duro.

Quizás era la adrenalina o el hecho de que había estado tan cachonda como nosotros estábamos, pero Riley la llevó al límite en un minuto. Sus ojos estaban llenos de pasión, y cuando me agarré la base del pene y dejé escapar un gemido, levantó la mirada hacia la mía.

No se detuvo. No pudo porque Riley estaba trabajando en ella. Sus ojos se ensancharon por la sorpresa de haber sido capturada, al descubrir que estaba siendo observada mientras la follaban, pero todo lo que le provocó fue hacer que se viniera.

Sus manos se posaron en los hombros de Riley, mientras que sus ojos se cerraron y se tensó. Gritó. Demonios, tenía una preciosa cara de orgasmo.

Mientras me dirigía hacia ellos, Riley gritó, y supe que estaba alcanzando su placer porque recordé cómo se sintió cuando su pequeña y caliente vagina se corrió en mi pene. Sabía que ese sedoso abrazo estaba sacando todo su semen. Drenándolo. Y completamente desnudo. Un pene desnudo contra una tibia y húmeda vagina.

Me moví al mismo lugar sobre la mesa de café. Esta vez, mi pene estaba afuera y reclamando tenerla. Con su bata en los dedos de Riley, su precioso trasero estaba expuesto. Sus rodillas estaban separadas alrededor de la cintura de Riley. No podía perderme el guiño de su rosado y pequeño culo cuando terminó de venirse. Dejó caer su cabeza en el cuello de Riley.

Líquido preseminal salió de mi orificio. Apreté la base de mi pene para evitarlo; lo quería todo dentro de su vagina cuando fuese mi turno. E iba a ser pronto.

Los dos respiraban fuertemente y hebras del cabello rojo de Kady se adhirieron al hombro sudado de él y a su cuello.

"¿Te sientes mejor?", preguntó Riley, besándole la frente.

Lentamente, se levantó y me miró por encima de su hombro, luciendo como una portada de *Playboy*. Su delicioso y redondo trasero estaba hacia arriba; sus senos, expuestos; el pezón, hinchado y casi suplicando por mi boca; su piel, ruborizada y sudorosa; sus ojos, iluminados con esa mirada de bien follada. Y todavía estaba llena por el pene de Riley.

"Lo siento", dijo, apartando sus ojos y tirando de su cinturón.

Riley chasqueó la lengua y deslizó el tirante fuera de su hombro otra vez. "Me gusta la vista. No puedes ponerte tímida con nosotros ahora".

"Pero no te incluí", dijo, levantó sus ojos hacia los míos. "¿No es... engañar?".

Me encogí de hombros y le di una pequeña sonrisa para que supiera que no estaba molesto, aunque tenía las manos agarradas a la mesa de café hasta que los nudillos se me pusieron blancos y mi pene colgaba. No de rabia, sino de necesidad. "Yo soy posesivo, dulzura, pero no con Riley".

"No te tomaremos juntos siempre", añadió Riley, tratando de asegurárselo. "Algunas veces te querré solo para mí. Para saber que tus orgasmos son únicamente para mí".

Cuando sus ojos bajaron hasta mi pene, observó otra gota de mi líquido preseminal deslizarse por mi glande, y Riley le dio una pequeña nalgada. "Anda a ver a Cord, cariño. Te necesita".

"Sí que lo hago, dulzura. Te necesito. Necesito sentirte ahora que estás bien".

Quizás por eso tuvo un rapidito con Riley, para saber que estaba viva. Para sentir la conexión entre ellos. Y ahora era mi turno.

Con la ayuda de Riley, se levantó de él, dio la vuelta y se

puso de pie frente a mí entre mis rodillas. Demonios, era perfecta. Toda desarreglada y erótica con el semen de Riley chorreando por sus muslos, completamente bien usada y lista para más. "Esto… esto entre nosotros. Nunca me había sentido así", admitió. Y no se refería al sexo.

No la miré a los ojos, pero con reverencia rocé mis dedos por todo su seno expuesto y noté la obvia diferencia entre nosotros. Mis dedos eran grandes y callosos, a diferencia de su pálida y suave piel. Tan suave, tan tibia.

"Yo tampoco".

"Ni yo", añadió Riley detrás de Kady. "O tan rápido".

"No te vamos a dejar ir, dulzura. Después de esto, después de que casi te perdemos" —hice una pausa, luché contra la ola de ira y miedo—, "de ninguna manera te apartarás de nosotros ahora".

Asintió levemente con la cabeza y eso fue todo. Yo había sido llevado al límite. Cuando casi se muere, luego de verla follar sobre el pene de Riley, necesitaba estar dentro de ella. Ahora. Así que me puse de pie, me incliné y la levanté sobre mi hombro como un bombero y la llevé directo a mi habitación, con mi pene liderando el camino.

9

ADY

Cord se estaba acercando a mí mientras me acostaba en la cama; su mano, al lado de mi cabeza para no ponerme su peso encima. Pero el beso… guau. Fue todo calor y necesidad. Con su lengua robada, supe que estaba tan deseoso de mí como yo estaba por él.

Esto… esto entre Riley, Cord y yo no era algo de una noche. Había considerado esa posibilidad después de lo que habíamos hecho en el porche una vez y ya. Bueno, dos y ya. Ni siquiera nos habíamos quitado toda la ropa. Yo sí, pero ellos solo se habían bajado los pantalones lo suficiente para que su "equipo" estuviese disponible. Eso fue todo. Todavía no había visto a Riley desnudo, y él me había follado dos veces. Apenas había visto su pene. La primera vez que me tomó desde atrás y justo ahora en el sofá, se lo sacó y me llevó abajo, hacia él durante un segundo y otro.

Cuando me cargó, me sentí… irritada y dolorida.

Inestable. El tipo de la casa me había asustado hasta el borde de la muerte y me hizo llorar, pero después de que cesaron las lágrimas, todavía necesitaba algo. Riley lo supo y empezó a tocarme, luego me levantó hacia él y me folló completamente. Dios, eso fue excitante. Tan excitante. Me había puesto húmeda por él. Empapada. Y me vine rápidamente. Fue como si el incidente me hubiera preparado para un orgasmo.

Lo necesitaba. Muchísimo.

Parecía que Riley también, tocándome, sintiéndome, escuchándome, sabiendo que estaba viva.

Y ahora Cord.

"No sé si pueda ser suave", murmuró contra mis labios. "Quiero serlo, pero estoy muy nervioso".

Doblé mi pierna para que mi rodilla se deslizara hacia arriba y hacia abajo de su muslo, desde su cintura. "Creo que hasta ahora has aprendido que me gusta rudo", respondí. A pesar de que no había ninguna luz encendida en la habitación, la luz del pasillo me permitía mirarlo claramente. Sus ojos oscuros se notaban acalorados, su mandíbula y cada línea de su cuerpo estaban tensas. Se estaba conteniendo.

"Podría lastimarte".

Negué con la cabeza, con mi cabello tendido sobre la sábana suave en mi espalda. "No lo harás. No lo hiciste la última vez".

Gimió, bajó la cabeza y tomó mis labios otra vez. "Oh, lo que quiero hacerte…".

"¿Qué? ¿Qué quieres hacerme?", pregunté, sin aliento.

Se levantó de la cama y se puso de pie, se paseaba hacia adelante y hacia atrás. Me moví, así que quedé de rodillas en la cama. "Cord".

Me miró con ojos salvajes. Casi feroces. Su pene se salió del cierre abierto de sus pantalones. Oscuro y grueso, el pulso de una vena apareció en su longitud. Su glande estaba ancho, con forma de hongo. No podía creer que tuviera ese tamaño, pero lo tenía. Recordaba cada grueso centímetro de él.

"No tengo miedo de ti", susurré. O de tu gran pene.

"Deberías tenerlo".

"¿Sabes qué quiero?", pregunté, sintiéndome un poco atrevida.

Levantó una de sus cejas oscuras mientras sus manos se instalaron en su cintura.

"Quiero verte. Todo a ti".

De un segundo a otro, se desnudó, sacándose las botas, bajando sus pantalones, desabrochando los botones de su camisa hasta que estaba tan grande, tan desnudo delante de mí.

"Guau".

Sus hombros eran musculosos y anchos; su cintura, más angosta. Pelos oscuros rodeaban sus pechos planos y tocaban su ombligo, luego formaban una delgada línea que seguía directamente hacia la base de su pene. Sus piernas eran inmensas —uno de sus muslos, probablemente, era del tamaño de mi cintura—. Podía lastimarme, o al menos podría hacerlo alguien de su talla, pero no Cord.

"¿Qué más deseas?", preguntó.

"Tu turno", repliqué.

"Quiero tu bata en el suelo".

Bajé la mirada hacia mí. Se me había olvidado que mi seno estaba expuesto. Debí haberme sentido avergonzada o, al menos, sorprendida por mi falta de pudor, pero no pude. No con él. Ni con Riley, especialmente después de lo que habíamos hecho en el sofá.

Agarrando el dobladillo, levanté la bata por encima de mi cabeza, la dejé caer al suelo. Cord se dirigió hacia atrás, giró el interruptor de la luz para que la lámpara que estaba al lado de la cama diera un resplandor suave.

"¿Siempre usas cosas como esa para ir a la cama?", preguntó.

"¿Camisones?", pregunté.

Repitió la palabra como si nunca la hubiese escuchado antes. Asintió una vez.

"Sí".

"Pensé que quería tenerte desnuda en la cama. Siempre. Pero ahora tengo otros pensamientos. Esa pequeña cosa apenas te cubre el trasero".

"Me hace sentir... linda".

"Dulzura, eres hermosa sin importar lo que uses. Mientras que a ti te hace sentir linda, a mí me pone... Puedes usarla cada vez que quieras. Excepto ahora. Ahora te quiero desnuda. Nada entre tú y yo".

Estaba de rodillas en su cama. Desnuda. Y por la forma en que ardían sus ojos, la forma en que sus puños se apretaron a los lados, me hacía sentir linda.

"Puedo ver que Riley ha estado en ti. Su semen te marca".

Bajé la mirada, vi la marca roja en mi seno, vi y sentí el semen en mis muslos. Lo sentí dentro de mí, deslizándose un poco a la vez.

"¿Eso está... está bien?".

"Te dije que sí. Es jodidamente sexy. Ahora acuéstate y abre muy bien esas piernas. Quiero verte. Toda a ti".

Sin decir una palabra, hice lo que quería, me acosté, flexioné las rodillas y mis pies estaban plantados sobre la cama.

"Ábrete más".

Obedecí.

"Ah, dulzura, un poco más".

Deslicé los pies un poco más y más hasta donde pude, hasta que no había duda de que estaba completamente abierta para él.

"¡Riley!", exclamó Cord.

"¿Sí?", respondió desde la otra habitación.

"¿Podrías traerme el tapón nuevo?"

Fruncí el ceño hacia Cord, el cual nunca me quitó la mirada mientras hablaba. Sonrió. "Riley y yo hicimos unas pequeñas compras mientras estábamos en Helena".

Escuché los pasos de Riley, lo vi en la puerta. Le lanzó un paquete pequeño a Cord, me guiñó un ojo, luego dijo: "Diviértanse", antes de marcharse.

Cord rompió el envoltorio, lo arrojó sobre el vestidor antes de agarrar una... oh. Y una botella de... oh.

"¿Alguna vez te habían tapado antes?".

Negué con la cabeza.

"Creo que te gustará. Pero después. Por ahora quiero estar dentro de ti".

Bajé la mirada hasta su pene. Estaba oscuro, de un rojo rubicundo y grueso. Ridículamente grueso. Y largo. Riley no era pequeño, de ninguna manera, pero no lo había visto antes de que se metiera dentro de mí.

Mirando fijamente a Cord, no estaba segura de cómo había entrado la primera vez.

"Mírame así un poco más y vendré justo aquí".

Lo miré a los ojos, vi que estaba colgando de un hilo.

Prácticamente, se abalanzó, con sus manos sobre mi cabeza sosteniendo su peso. Sentí su gruesa longitud inundando mi vagina. Como estaba totalmente abierta, no tuvo que hacer más que empujar su cintura suavemente y ya estaba adentro.

"¡Ah!", gemí.

Incluso, después de haberme venido una vez y de que Riley me follara primero, Cord se ajustaba y estaba apretado. Me había puesto húmeda por Riley más temprano y ahora su semen lo facilitaba todavía más.

Mis paredes internas se tensaron, tratando de ajustarse y de abrirse a ese ancho, para ser llenada profundamente.

"No te muevas", gruñó Cord, con su boca justo en mi cuello.

Me quedé quieta, prácticamente, contuve la respiración.

"Dije que no te movieras".

"No lo hago...".

"Tu vagina está bañando mi pene y yo... agh", gimió. Sentí sus caderas presionarme fuertemente mientras se venía. Su gemido hacía vibrar su pecho.

Me tendí ahí, bajo este gran hombre mientras se venía. Se deslizó dentro de mí, me llenó, se mantuvo quieto, luego se vino.

Tenía la respiración entrecortada y el sudor goteaba de sus sienes.

"¿Estás bien?", susurré.

"Dulzura, eres jodidamente perfecta. Mi pene te deseaba tanto. Estás tan ajustada. Tan caliente. Tan mojada. Demonios, te llené tanto con mi pene. No había nada que pudiera hacer para contenerlo".

"Está bien".

Levantó la cabeza, me miró. "Te sientes demasiado bien. Lo bueno es que ya me quité esa follada rápida del camino. Ahora puedo hacerlo toda la noche".

Me di cuenta de que no había sido suave como debería serlo un chico. Cuando se salió, jadeé. Él sonrió.

"¿Estás bien?".

Asentí.

"Ni siquiera hemos empezado todavía. Y con todo ese semen facilitándome el camino a esa ajustada vagina tuya...".

El resto de sus palabras fueron cubiertas por mis jadeos. Sí, se sintió bien. Increíble.

"Te vendrás por mí, luego te daré la vuelta, te pondré de manos y rodillas. Me tomaré mi tiempo y te pondré ese tapón dentro de ti. Luego te follaré. Te va a encantar lo llena que te vas a sentir".

Empezó a moverse entonces. Ningún pensamiento apareció, cualquier preocupación acerca de él poniéndome un tapón la olvidé rápidamente. Al igual que mi nombre. Dónde estaba. ¿Y en cuanto a si Cord tenía resistencia para durar toda la noche? Sí, no estaba mintiendo.

10

ILEY

"Hola, cariño", dije cuando Kady vino a la cocina. Tenía una de mis camisas; las mangas, enrolladas. Era lo suficientemente grande como para golpear la mitad de su muslo. Me recordaba al vestido que había usado el día anterior, pero este era mucho mejor. Cord debe de haberle buscado una de mis camisas porque una de él hubiese sido demasiado grande.

"Buenos días", respondió. Su cabello estaba salvaje y enredado, aunque se veía descansada considerando que ellos habían follado la mitad de la noche. Demonios, se notaba bien follada. Me había ido a la cama y escuché a Cord con ella. Tuve que masturbarme mientras los escuchaba, sus gemidos y orgasmos me pusieron duro otra vez, incluso, cuando yo la había tenido un poco antes. Pude haberme unido a ellos, pero quería que Cord estuviera con ella. Puede que él fuera un gran hijo de puta, pero ha pasado por muchas cosas que no podía ni imaginar y se merecía un poco de dulzura. Si tener a Kady en su cama, debajo de él y toda para él aliviaba su enojo y estrés, no iba a detenerlo.

Yo no era un hijo de puta codicioso, pero verla así, perdida en el limbo y, definitivamente, bien follada, me daba ganas de cargarla sobre mi hombro y llevarla a mi cama.

En vez de eso, pregunté: "¿Café?".

"Dios, sí".

Sonreí mientras agarré una taza, le serví un poco de la jarra y se la di. "Una adicta, ¿eh?".

"Gracias". Suspiró, como si con solo olerlo le diera la cafeína que necesitaba. "No hablo hasta que me tomo mi primera taza".

"Recordaré eso". Me alejé, escuchando el ruido de la lluvia que venía por el pasillo, dejándola con su café. Fui hacia la bolsa de artículos que habíamos comprado en la tienda sexual, en Helena, y agarré otro tapón. El que le había dado a Cord la noche anterior estaba hecho de silicón y era estrecho. Para jugar con una principiante. Este también era pequeño, pero era de acero inoxidable con una base verde de joyas. Iba a combinar perfectamente con sus ojos e iba a lucir estupendo separando los bellos cachetes de su trasero.

Después de que bajó su taza, asumí que ya podíamos hablar. "¿Te divertiste con Cord anoche?".

Sus mejillas se pusieron rojas y apartó la mirada. "Sí", respondió.

"Ah, cariño, no hay vergüenza en lo que hicieron juntos. Puede que no haya estado en la habitación con ustedes, pero lo escuché todo".

Levantó su taza y escondió su rostro detrás de esta como si tomara otro sorbo.

Era obvio que no tenía intención de responder, así que continué. "¿Cómo sentiste el tapón? ¿Se sintió bien?".

Todo lo que hizo fue poner los ojos en blanco y

enrojecerse más. Tomó otro sorbo. Sonreí porque se quedaría sin café eventualmente.

"Cord te dijo que íbamos a follar ese orificio virgen, ¿verdad?".

Se giró, bajó la taza, sus mejillas se pusieron rojas. "¿Por qué estamos hablando de esto ahora?".

"Porque solo verte con mi camisa me pone duro".

Miró por encima del hombro, vio la forma en que mi pene se levantaba de mi pijama.

"He estado listo para follarte desde que te pusiste a horcajadas sobre mí anoche", admití. "Y ahora, sabiendo que esa vagina está bien y llena de nuestro semen... mmm". No había palabra para ese pensamiento. Yo no era tímido, así que le pregunté, "¿te pondrías algo por mí?".

Frunció el ceño. "¿A parte de tu camisa?".

Solté una carcajada. "Amo verte con mi camisa". Levanté el tapón.

Frunció el ceño, incluso más, se acercó a mí, lo tomó de mis dedos. "Es un... un...".

"Un tapón anal".

"Tiene una joya".

"Es cierto".

"¿Por qué?", su mirada se movió del tapón hacia mí, luego al tapón.

"Así cada vez que lo uses, puedo voltear tu lindo trasero y verlo. Saber que estás llena y pensar en qué más te llenará pronto ahí".

Su boca se abrió.

"Inclínate sobre el mostrador, cariño".

"¿Qué, ahora? ¿Aquí?".

Asentí. "Aquí".

"Eso no es muy higiénico".

Me reí con eso. "Pon las manos en el mostrador, Kady, y

muestra ese precioso trasero". Cuando se levantó, añadí: "Si eres una buena chica, te daré un premio".

La comisura de su boca se inclinó, reconociendo que estaba siendo mandón, pero también juguetón. Solo la habíamos hecho sentir bien. Se había venido más veces que Cord y yo juntos. El doble. Basándome en lo que había escuchado en la habitación de Cord, le gustaba el juego del trasero. Solo era muy tímida para admitirlo a la luz del día, y en la cocina.

"¿Y si no soy una buena chica?", preguntó; una ceja roja se levantó en señal de pregunta.

No pude hacer nada más que sonreír. "Entonces le daré a tu trasero un bonito color rosado, luego deslizaré este tapón dentro. Va a lucir más hermoso aun cuando se lo mostremos a Cord".

Eso la puso en movimiento. Se dio vuelta y puso las manos en el granito del mostrador, inclinándose de espaldas. No estaba lo suficientemente quieta, pero eso la ayudaría. Enganchando un brazo por su cintura, retrocedí, bajando la parte superior de su cuerpo y forzando sus piernas a que estuvieran firmes para que quedara en un ángulo de noventa grados. Su trasero estaba expuesto, y con el movimiento de mi mano, el borde inferior de mi camisa estaba en su cintura.

Sin bragas.

Una vagina preciosa. Deslicé mi dedo sobre sus pliegues brillantes, suavemente deslicé un dedo dentro de ella. Nos había follado a los dos la noche anterior y estaba hinchada, no quería lastimarla. Gruñí.

"Justo como me lo imaginé, siento todo nuestro semen. Agradable y profundo ahí dentro". Saqué mi dedo, lo deslicé dentro de uno de sus muslos, luego sobre el otro. "Y aquí seco. Te hemos marcado como nuestra, ¿no es cierto, cariño?".

Descendió hacia sus antebrazos, asintió con la cabeza.

Agarrando el lubricante, lo destapé, esparcí un poco sobre la delgada punta del tapón. Colocándolo en su estrella fruncida, la dejé ajustarse a la dura y fría sensación antes de empezar a trabajar en ella.

"Respira, déjalo salir. Justo como lo hiciste anoche para Cord. Buena chica".

Su espalda se endureció mientras se deslizaba dentro de ella, estirándola antes de ponerse en posición. La joya verde brillaba a la luz del día y lucía perfecta".

"Hermoso", dije. "Ahora tu premio".

Deslicé mis dedos, me resbalé con el semen de su vagina, de vuelta a ella. Pude sentir la forma firme del tapón a través de la delgada pared de separación y estaba más estrecha que nunca.

"¿Fue así como se sintió mientras Cord te follaba? Su pene es mucho más grande que mis dedos. Debe haberte llenado por completo".

"Lo hice. Le encantó", dijo Cord cuando llegó a la cocina. Tenía puestos unos vaqueros y camisa de botones, pies descalzos, cabello húmedo.

Kady se endureció, pero una mano en su espalda la mantuvo en su lugar.

"¿Te encantó, cariño?", pregunté, encontrando la pequeña cresta de su punto G y curvando mis dedos sobre este.

"¡Sí!", gimoteó, su cabeza tendida y su frente descansaba en sus brazos.

"Amo ver ese tapón dentro de ti, dulzura".

"Ha sido una buena chica y es momento de que se venga", dije.

Escuché un carro estacionarse, por las llantas ruidosas sobre el camino de entrada de roca triturada, y Kady levantó la cabeza.

"Ese es Archer. Me envió un mensaje y dijo que iba a pasar por aquí", dijo Cord.

Sabía que Kady estaba cerca de venirse. No iba a negarle su alivio por la llegada de Archer. Su vagina lloraba sobre mis dedos. Interesante. Tuve que preguntarme si ser observada la excitaba. No lo iba a averiguar, pero podía hacerla pensar eso. Probar mi teoría.

Me acerqué, murmuré: "Vente para mí, cariño. Vente bien y duro o Cord va a dejar entrar a Archer y te verá así. Encorvada, follando mis dedos con una linda joya mostrando tu trasero".

Gimió, se endureció en mis dedos.

Cord frunció el ceño, pero me dirigí hacia ella. Sus ojos se encendieron al darse cuenta.

"No seas muy ruidosa, dulzura, o él te puede escuchar cuando venga a la puerta".

Gimió y curvé más mis dedos, encontré su clítoris duro e hinchado y en vez de ser gentil, lo apreté. No muy fuerte, pero lo suficiente. Parecía gustarle duro y necesitaba venirse.

No me decepcionó, sus paredes internas empaparon mis dedos mientras un gemido bajo y agudo salió de sus labios.

Cord presionó la palma de su mano contra su pene mientras observaba a nuestra chica liberarse.

Se desplomó contra el mostrador cuando había terminado, y liberé mis dedos, fui al lavamanos para lavarme mientras Cord acariciaba su espalda. "Buena chica", dijo en voz baja. "Te vienes para nosotros tan hermosamente".

Sonó el timbre y me sequé las manos con una servilleta, la dejé en el mostrador y fui a abrirle al oficial.

No pude esconder mi erección, pero sabía que el tema de conversación iba a matar mi deseo muy rápido.

Mirando por encima de mi hombro, vi a Cord envolver un brazo alrededor de Kady, quitar el cabello de su rostro. Le di un minuto a Kady para que no luciera tan recién follada, pero eso iba a ser muy difícil. La virilidad masculina me inundaba al saber la facilidad con que la ponía así.

Dejé entrar a Archer. Cuando no usaba uniforme, tenía uno de esos cinturones de utilidad tipo Batman, con esposas, un arma y un transmisor portátil encima. "Una noche larga", dije. "Déjame traerte un poco de café".

"Gracias". Se quitó el sombrero, me siguió hacia la cocina. Al ver a Cord y a Kady, se detuvo en el gran salón al lado del sector de desayuno. "Buenos días. Kady, no tuvimos la oportunidad de presentarnos la noche anterior. Soy Archer, el alguacil de Barlow County".

Kady le ofreció un saludo rápido desde el lado opuesto de la isla de la cocina, Cord estaba detrás de ella. Él tenía una mano en el mostrador al lado de ella, que la inmobilizaba. Le alcancé una taza de café negro a Archer y tomó asiento en una de las sillas altas.

"Encantado de conocerte".

Archer nació y fue criado en Barlow. Fue a la escuela un año antes que Cord y yo, fue a la universidad del Estado y volvió a casa cuando terminó. A pesar de que sabía que no era un monje, rara vez lo había visto con una mujer. Lo había visto varias veces con Sutton para saber que compartían las mismas... inclinaciones, y no me sorprendería si tomaran juntos a una mujer. No me importaba mientras esa mujer no fuese Kady. Por la forma en que la miró fijamente, con intensidad profesional, no estaba muy preocupado. Habíamos dejado muy claro dónde estábamos parados con ella.

Archer no tenía ninguna conexión con el Rancho Steele, aparte de que la propiedad estaba dentro de su área de trabajo. Él había estado antes en el lugar, especialmente cuando encontraron el cuerpo de Aiden Steele y tuvieron que llevarlo a la morgue.

"Una buena introducción a nuestra pequeña parte del mundo. Escuché que eres de Filadelfia".

"Es correcto", respondió Kady.

A pesar de que solo tenía mi camisa, la tela oscura cubría bien la forma de sus senos desnudos. Con Archer sentado, no podía ver que no traía puesto nada más. No era como si, probablemente, lo supiera.

"Solo has estado aquí unos pocos días".

"Dos".

"¿No lo suficiente para hacer enemigos que pudieran querer hacerte daño?".

Soltó una risa seca. "Conocí a Jamison y a Sutton. He estado con Cord y Riley, excepto para dormir y ayer fui al pueblo. Compré ropa en la tienda occidental".

"Conociste a Betty entonces".

"Ella tiene que estar en sus sesenta años. No puedes pensar que estaba detrás de todo esto".

Archer no lo creía en lo absoluto. Betty no le haría daño a nadie. Solo estaba suavizando a Kady para las preguntas difíciles.

"Uno de los comisarios encontró un carro abandonado al pasar el desvío del rancho. Ninguno de nosotros lo habría visto, ya que todos veníamos e íbamos al pueblo a menos que vivamos allá abajo. Encontramos la identificación del tipo. La licencia de conducir de New Jersey lo nombra como Dwight Sampers. ¿Alguna vez has escuchado de él?".

"¿New Jersey?", Kady se lamió el labio, puso las manos sobre el mostrador.

"Camden".

"Eso está justo afuera de Filadelfia". Hizo una pausa, agarró el salero de vidrio y jugueteó con él. No creo que se diera cuenta de que lo había agarrado. "¿Estás diciendo que esta persona me siguió hasta acá? ¿Por qué?".

"No lo sé, pero estamos investigándolo ahora. Lo mejor es no estar sola por ahora, evitar dormir en el rancho, pero mirando a tus hombres, no creo que eso vaya a ser un problema".

Meneé la cabeza. Demonios, no. No iba a estar sola o, incluso, afuera de la misma habitación.

"Sé que el rancho es mío, al menos una parte de este. Es hermoso, pero para ser honesta, ese lugar me aterra".

Cord se cambió para poder mirarla a los ojos. Tomó su barbilla, la inclinó. "¿Por qué? ¿Qué más pasó allá?".

Ella meneó la cabeza; él apartó los dedos. "Nada. He vivido en mi casa, en la casa de mis padres desde que se casaron. Yo en ese entonces tenía dos años. Casi toda mi vida he vivido ahí. Hay vecinos. Personas alrededor. El rancho es hermoso, pero no me gusta estar ahí sola. Y después de lo de anoche… quizás a una de mis medias hermanas le guste más".

¿Eso significaba que quería mudarse de nuevo a Filadelfia? ¿Que incluso Barlow era muy pequeño?

Archer escuchó con la tranquila intensidad de un oficial experimentado. Aprendía cosas por lo que las personas no decían, por sus reacciones, más que por sus palabras. "Puedo entenderlo. Puede que Barlow no sea la gran ciudad, pero ayer me dijo mi vecino que el maestro de sexto grado se casó con una mujer de Iowa y se mudó allá. Supongo que su nueva esposa quería vivir cerca de su familia. Así que hay una vacante en esa escuela". Archer le dio a Kady una mirada significativa. "Dicen que eres maestra, así que asumiría que puedes ocupar la vacante si quisieras. Tendrías que vivir en el pueblo. Está lejos del rancho, especialmente durante el invierno cuando el traslado es más difícil para llegar a la escuela todos los días".

Le debía una cerveza a Archer. Un paquete completo de seis. Demonios, incluso, quizás una cubeta. Le estaba dando una razón para quedarse. Una razón que no tenía que ver con el rancho. O con nosotros. Esto sería por ella y solamente por ella.

"Ajá, um… ¿Está intentando hacer que me quede aquí?".

Archer se encogió de hombros. "Tienes un trabajo, una

vida allá. La mayoría de las personas no se mudan a Barlow por capricho o sin un trabajo disponible. Solo piensa en que esto ayudará a que tomes tu decisión".

Kady se veía pensativa, como si estuviera considerando la posibilidad. Cord y yo queríamos que se quedara. *Esperábamos* que lo hiciera solo por nuestro amor por ella. Sí, amor. Pero eso no iba a ser suficiente. Ella no podía, simplemente, estar sentada todo el día mientras nosotros íbamos a trabajar. Puede que ahora fuese millonaria y no necesitara un trabajo, pero ella querría uno. Necesitaría uno. Era su naturaleza. "Está bien".

Archer se puso de pie, se puso el sombrero. "Algo en lo que pensar. ¿Asumo que te encontraré aquí?", preguntó.

"Sí", respondimos Cord y yo al unísono.

"Estaré en contacto con ustedes". Archer sonrió y luego se fue. No lo acompañamos a la puerta.

Kady se volteó y se inclinó sobre el mostrador. "¿Por qué alguien estaría intentando matarme?".

Ninguno de los dos respondió, porque ¿qué podíamos decir? A pesar de que sentía que mi vida ahora estaba basada en Kady, solo la conocíamos desde hacía poco. Una locura, considerando la profundidad de mis sentimientos por ella. Sabía que Cord se sentía igual. Había tanto que no sabíamos de ella, y yo había asumido que tendríamos el resto de nuestras vidas para averiguarlo. Pero parecía que un hijo de puta muerto podía cambiar eso. Miré a Cord, luego a Kady, y dije lo único que podía decir. "Dejaremos que Archer haga su trabajo".

Ella frunció el ceño, me miró. "¿Qué se supone que debo hacer? ¿Esconderme?".

"No te vamos a dejar sola, dulzura, así que nada de esconderse. Te mantendremos segura. Créeme, no te va a pasar nada". El tono de Cord, toda su actitud, respaldaba sus palabras. Tenía que sentirse segura con él —un veterano

Estimulada

militar del tamaño de Sequoia— a su lado. Y a pesar de que yo no tenía el mismo entrenamiento que él, o el tamaño, nadie iba a hacerle daño a nuestra chica.

"¿Qué vas a hacer?", dije. "Darte un baño, luego dejar que tus hombres te follen".

Su boca se abrió. "Hablando de eso, no puedo creer que me dejaran tener una conversación con el oficial con un tapón en mi... en mi..., ¡dentro de mí!". Se llevó las manos a la cintura y lucía descarada y perfecta.

Cord sonrió. "Éramos los únicos que sabíamos y tengo una erección para probarlo. Ven, vamos a limpiarte para poder ensuciarte otra vez".

Se sonrojó. "Estoy un poco dolorida".

Sin duda alguna, ya que que los dos la habíamos follado dos días seguidos sin condón, y Cord lo había hecho toda la noche. Pero de solo pensar que la habíamos trabajado tan a fondo, eso hacía que me dolieran las pelotas.

Cord le llevó el cabello salvaje por detrás de la oreja. "No te preocupes, dulzura, no estábamos pensando en tu vagina".

Le tomó dos segundos, pero captó lo que dijo Cord. "No podrían. ¿Verdad?".

"Tienes ese lindo tapón abriéndote para nosotros".

"Los dos no caben", contrarrestó ella.

Amaba su inocencia, y mostrarle todas las maneras divertidas en que podíamos complacernos. Toqué su labio con un dedo. "Aquí puedo entrar muy bien".

Se le cayó la boca por la sorpresa, pensando en el hecho de que planeábamos entrar en su trasero virgen y reclamar su boca a la vez. Deslicé la punta de mi dedo dentro de su boca y pasó la lengua por mi dedo. Gemí.

Cuando saqué mi dedo, ella dijo: "Un tapón está bien. Me... me gusta, pero no creo que... no estoy lista para más que eso. *Ahí*".

Asentí. "Está bien. Entonces solo jugaremos hasta que te vengas".

No íbamos a obligarla a hacer algo con lo que no se sintiera cómoda. Había sido lo suficientemente valiente para aceptar un tapón, con Cord la noche anterior y ahora. Más que eso vendría después. Hasta entonces...

"Primero un baño, segundo jugar", dijo Cord.

Llevó a Kady en dirección al baño, le dio una palmada suave en el trasero.

"Alguien intentó matarme la noche anterior y ¿ustedes quieren jugar?".

"Sí, señora", respondí, tratando de mantener un tono ligero. Tenía toda la razón. Era una locura. Ridículo. Pero no íbamos a quedarnos sentados. ¿Por qué íbamos a hacer eso si estábamos tan cachondos?

"No puedo caminar con esta cosa dentro de mí", se quejó.

Levanté el borde de la camisa mía que ella traía puesta, vi la joya verde brillar entre sus cachetes.

"Inténtalo y mira", dijo Cord, claramente ansioso de verla hacerlo.

Esperamos a que se moviera, porque el que lo hiciera significaba que lo quería, que deseaba jugar con nosotros. Era un riesgo hablar de follar en un momento como este, pero no había nada que pudiéramos hacer sino mantenerla a salvo. Y que tuviera los pensamientos claros. Y la forma más fácil de hacerlo era evitando que pensara en eso en lo absoluto.

Todos necesitábamos una distracción y un jugueteo salvaje lo lograría.

Empezó a caminar hacia el baño, primero lenta y cuidadosamente. La seguimos.

"Levanta el borde de tu camisa, dulzura. Déjanos ver ese precioso trasero".

Se detuvo, miró por encima de su hombro, quizás para

ver si hablábamos en serio. Tenía la mano en mi pene sobre mi pijama, tratando de aliviar el dolor y Cord se estaba desabrochando los pantalones. Después de unos pocos movimientos, hizo lo que pidió Cord, llevando el borde de mi camisa hasta su cintura.

Dándonos una sonrisa astuta, empezó a caminar otra vez; las exuberantes curvas de su trasero se balanceaban con cada paso, con la pequeña joya en el centro.

"Un día no muy lejano, dulzura, ese trasero *será* nuestro", juró Cord, siguiéndola con su pene guiando el camino.

Ella podía ser la que era follada, pero Cord y yo estábamos jodidos. Completa y totalmente jodidos. Nuestra pequeña y atractiva maestra no era tan simple después de todo. Y no la tendríamos de otra manera.

11

ADY

"¡Kady!", exclamó Beth cuando contesté mi teléfono.

Habían pasado casi veinticuatro horas desde que vino Archer y nos dio unos pocos detalles sobre el hombre muerto. No habíamos sabido nada más desde entonces. Y a pesar de que el sexo con Cord y Riley era espectacular, necesitábamos salir de la casa. Y mi vagina necesitaba un descanso. Riley sugirió montar a caballo. Eso no fue lo primero que se me vino a la mente. De hecho, era lo último que quería hacer mi vagina, pero cuando pensé en cómo ellos me harían sentir mejor después, quizás con sus bocas, me apunté en el plan. Había aprendido que eran muy, *muy* buenos con sus lenguas.

Después de eso, caí en cuenta de que vería a los hombres a caballo. La imagen mental hizo que mis ovarios saltaran de alegría. Les debía a todas las mujeres del mundo comerme con los ojos a los dos vaqueros en su entorno natural.

Cord estaba cerrando la puerta y cuando apenas habíamos salido por la entrada principal para ir a montar al Rancho Steele, —porque parecía que yo era la orgullosa dueña de una quinta parte de un montón de caballos— , sonó el teléfono.

"Hola, Beth, ¿cómo estás?".

Los dos hombres voltearon a verme cuando dije el nombre de mi hermana. Riley levantó una ceja pálida. Me senté en el porche mientras ellos caminaban hacia la camioneta de Riley. Se recostaron en ella mientras hablaban en voz baja entre ellos; sus ojos, en ángulo recto hacia mí. Solo podía imaginarme lo que estaban diciendo.

Quizás tenía que ver con el hecho de que traía puestos unos vaqueros en vez de mis usuales vestidos. Para ellos, mis vaqueros, botas nuevas y una de mis camisas viejas fue un gran cambio. Jamison había llamado a la antigua ama de llaves Steele, la señora Potts, para que fuera y ayudara a ordenar la casa principal después del desorden del ladrón. Había sacado un atuendo para mí —ya que él sabía que me fui con solo una bata— y me lo trajo. Estaba agradecida por la ropa —y por la ropa interior— porque mi bata era todo lo que tenía.

"Nunca vas a creer esto".

Estaba hablando rápidamente, muy rápidamente, aunque con una emoción que no había escuchado desde hacía mucho tiempo.

"¿Qué?".

"¡Me casé!".

A mi cerebro le tomó unos segundos procesar esas dos palabras. "¿Casada? Yo…, um. ¿Con quién? ¿Cómo? ¿Dónde?".

Se rio. "Hace dos días. Se llama David y fue en el juzgado".

"¿Hace dos días?", pregunté, atontada. ¿Eso significaba que, cuando me llamó en el restaurante, se había casado y no me lo dijo? Pero había estado tan molesta conmigo por estar

Estimulada

en rehabilitación mientras que yo estaba de vacaciones, gastando toda mi herencia. "¿El juzgado? ¿Cómo hiciste eso si estás en rehabilitación?".

"No estoy en rehabilitación, tonta. Dijeron que ya no necesito estar ahí. Ya mejoré".

Ya mejoró.

Nadie se *mejoraba* de la adicción a las drogas. Alguien podía dejar de usar drogas, pero siempre tenían la adicción. Nunca se iba. "Solo has estado dos meses en rehabilitación. ¿Estás segura…".

"¿Alguna vez vas a estar feliz por mí? ¿Siempre va a ser sobre lo maravillosa que es tu vida, Kady, y nunca sobre mí? Me ha pasado algo maravilloso y solo vas a cagarlo por todos lados como siempre lo haces".

Esa era la Beth que yo conocía. Mezquina, vengativa. Cruel.

Respiré profundamente, dejé salir el aire poco a poco. "Háblame sobre David. ¿Cómo se conocieron?".

Tenía acerca de un millón de preguntas, pero escogí las que no eran propias de mí. Beth había pasado de feliz a modo defensa en un abrir y cerrar de ojos.

"Nos conocimos en Nuevos Comienzos. Él es tan apuesto. Vas a amarlo. Le he contado todo sobre ti".

"Está bien, guau. Suena bien", respondí. No sonaba bien en lo absoluto. ¿Se habían conocido en Nuevos Comienzos? ¿Trabajaba ahí? ¿Era un paciente? Ninguna opción sonaba bien.

Escuché una voz al fondo y Beth dijo algo, aunque estaba distorsionado. "Tengo que irme. David envía saludos".

"Si no estás en rehabilitación, ¿dónde te estás quedando?".

En vez de responder, ella solo dijo: "¡Adiós, Kady!".

La línea se cortó y puse el teléfono en mi regazo, mirándolo fijamente.

Beth había salido de rehabilitación y se había casado. Miré a Cord y a Riley.

"¿Todo bien?", dijo Riley.

"Sí, solo dame un segundo".

Me desplacé por mi lista de contactos, encontré el número del sitio de rehabilitación.

"Nuevos Comienzos".

"¿Puedo hablar con el supervisor de guardia, por favor?".

"Espere un momento".

Pusieron música de espera de Canned mientras Riley se acercó y se sentó a mi lado. "¿Qué pasa?".

"Mi hermana. Ya no está en rehabilitación. Y se casó".

"Habla la doctora Shemanski".

Me presenté a la mujer en el teléfono y le recordé que nos habíamos conocido durante la admisión de Beth. "Acabo de hablar con mi hermana, Beth, y dijo que ya no necesitaba estar ahí por más tiempo".

"Señorita Parks, estoy sacando el expediente de su hermana en este momento". Hubo una pausa. "Interesante".

"¿Qué?", pregunté.

"Su expediente no te menciona como contacto. Sí que te recuerdo, por supuesto, y sé que estabas involucrada activamente en el progreso de tu hermana, y como la persona responsable de financiar sus cuidados. Estabas anotada para las llamadas de emergencia o eventualidades".

"¿Pero ahora no?".

"Exactamente. No estoy segura de por qué, a menos que ella haya eliminado tu nombre".

"¿Así que fue dada de alta? Pensé que necesitaba los cuatro meses completos de tratamiento".

"Lo necesita. Pero ella misma se dio de alta".

"Ella misma se dio de alta", repetí, no solo para mí, sino para Riley también.

Cord se acercó y se puso de pie frente a nosotros, un pie

en el escalón y se inclinó hacia adentro.

"Ponlo en altavoz", dijo Riley.

Manipulé el teléfono y lo sostuve entre nosotros.

"Como bien lo sabes, no podemos retener a un paciente en nuestras instalaciones. Si Beth quería irse, podía hacerlo. Y, bueno, lo hizo".

"¿Sabías que se casó?", pregunté. Cord levantó una ceja.

La doctora Shemanski se aclaró la garganta. La recordaba como una mujer calmada, estricta por el tipo de pacientes que tenía, aun así, amable. "No, no estaba al tanto de eso".

"Ella dijo que se llama David".

Hubo una pausa y miré a Cord y a Riley. "Kady, David Briggs era un paciente de aquí hasta hace unos días cuando él también se dio el alta a sí mismo".

"¿Al mismo tiempo?"

Escuché el sonido del teclado. "No, un día antes que Beth".

"¿Qué me puedes decir sobre él?".

"No te puedo decir mucho debido a la confidencialidad del paciente, pero es de la misma edad que tu hermana. Estaban juntos en algunos grupos".

"¿Qué *puedes* decirme?".

"Probablemente tu hermana volverá a consumir drogas".

Ella solo estaba diciendo un hecho, uno que ya sabía. Dejé que mis hombros cayeran y Riley puso su brazo alrededor de ellos.

"Basándome en la llamada telefónica, ya las retomó", le dije. "Sé cómo suena cuando está usándolas".

"Lamento escuchar eso. Desafortunadamente, no hay mucho más que pueda hacer por ella a menos que regrese. Si me das tu número otra vez, lo pondré de nuevo en su expediente, pero, además, lo compartiré con los otros supervisores en caso de que vuelva Beth. Te llamaremos si eso sucede".

Sabía que eso no iba a pasar. Especialmente, si estaba casada. Estaba segura de que la doctora se sentía de la misma manera.

Le di el número, le di las gracias y colgué.

"Guau. No puedo creer que se haya casado". Mi hermana pequeña. Todavía recuerdo cuando era joven, antes de que murieran nuestros padres. Toda sonrisas tontas y abrazos.

Los chicos permanecieron callados, como siempre lo hacían. Amaba que me dejaran pensar, que no me bombardearan con preguntas o consejos.

"Es gracioso, estoy más molesta porque se casó que porque haya dejado la rehabilitación. Supongo que, en parte, esperaba que lo hiciera. ¿Pero un esposo?".

"Es una mujer adulta", dijo Cord. Él era el pragmático de los dos. Corto y seco. Sin falsas banalidades. Menos mal, porque no las quería. Quizás hacía unos años, cuando Beth había empezado a consumir, me gustaba escuchar los comentarios esperanzados, todas las posibilidades de cómo las cosas saldrían. En lo que se convertiría su vida. Ninguna de ellas se había hecho realidad. Ninguna.

Asentí y me levanté para ponerme de pie; Cord dio un paso atrás. Le sonreí. "Y por eso estoy aquí, para dejar que haga sus cosas, sea rehabilitación o casarse. No estoy aquí para rescatarla más. Su esposo debe hacerlo ahora. ¿Listos para ir a montar?".

Riley se levantó también, se dio la vuelta y me agarró la barbilla. A ambos les gustaba que los mirara a los ojos cuando hablábamos, al menos sobre cosas importantes. Era como si pudieran mirar dentro de mí, atravesar las sonrisas falsas y las paredes emocionales que solía usar cuando se trataba de Beth, y ver la verdad.

"¿Cuál es la otra opción?", pregunté. "¿Volver adentro y que me pongan ese tapón brillante otra vez en el trasero?".

Cord me dio una palmada en el trasero, con una ligera

sonrisa. "Hay que prepararlo, dulzura. Puede que no te tomemos por ahí todavía, pero lo haremos. Cuando estés lista".

Después de que Archer se hubo ido el día anterior, hicieron justo lo que habían dicho que harían. Nos bañamos y me lavaron, asegurándose de que estaba *muy* limpia, solo para llevarme a la cama de Cord y tomar turnos entre mis muslos, comiéndome hasta que me vine una y otra vez, incluso con el tapón de joyas dentro de mí.

"Si volvemos a esa casa, no saldremos en todo el día", respondí, señalando a la puerta cerrada.

Los dos hombres sonrieron. "Dulzura, es mediodía. Me gusta cómo piensas, que jugaremos y follaremos por horas y horas".

Sentí que me ardían las mejillas.

"Iremos al rancho, te presentaremos a una yegua amable y dulce y te llevaremos a montar", dijo Cord mientras tomó mi codo, me llevó hacia la camioneta y me cargó hacia el asiento de enfrente. "Destroza esas lindas botas de vaquera y ve de lo que se trata estar en Montana".

Riley se dirigió al frente de la camioneta y se subió al asiento del chofer. "Después, cuando le agarres el ritmo, te traeremos a casa y podrás montar a dos sementales salvajes".

No tenía idea de que montar a caballo fuese tan divertido. En primer lugar, cuando nos encontramos con Jamison en el establo y me presentó a Sage, estaba muy cautelosa. Especialmente, cuando me enseñó a alimentar a la yegua manteniendo mi palma estirada. Él había hecho la demostración con un cubo de azúcar y el caballo lo había tomado con los dientes. Pero cuando fue mi turno, me dio miedo y quité la mano. Los dientes de los caballos eran grandes y no había dudas en mi mente de que Sage iba a darle un mordisco a algo más que al trozo de azúcar. Afortunadamente, Jamison fue paciente y me alcanzó la mitad de una manzana, la cual ella tomó ansiosa y no me asusté por pensar en perder mis dedos. Después de eso, estaba feliz de seguirme hacia afuera de su establo para ser montada. No por mí, por los otros, que sabían lo que hacían. Yo observé porque me sentí como una idiota... y era interesante. No quería depender de Jamison o de ninguno de los otros porque no había prestado atención.

Después de que los animales estuvieron listos, Riley me ayudó, asegurándose de que el estribo estaba bien ajustado, y Jamison nos hizo un gesto para que saliéramos.

Montamos hacia el oeste. No tenía habilidades de brújula, pero sabía que las montañas estaban en esa dirección. No había ningún camino, no hacía falta uno. Este era un terreno abierto para el ganado del Rancho Steele. A pesar de que vi unas pocas cabezas comiendo grama en la distancia, era como si tuviésemos todo el mundo para nosotros. No había carreteras visibles. No había teléfonos ni postes eléctricos. No había edificios. Solo nosotros y los caballos y Montana.

Dos vaqueros irresistibles que sabían cómo sentarse en una silla de montar. Sus muslos, cubiertos por la tela, eran musculosos y tensos bajo sus vaqueros; sus sombreros de vaquero los protegía del sol. Riley podía ser un abogado y Cord del tamaño de un refrigerador, pero los dos eran excelentes jinetes. Se lo tomaban con calma, dejando que los animales anduvieran solos. Me acostumbré al balanceo hacia adelante y atrás y me relajé, dándome cuenta de que no me iba a caer, incluso aflojé el agarre mortal que tenía sobre las riendas.

Hablamos de todo y de nada, aparte del hecho de que habían intentado matarme. Aprendí sobre el tiempo que Cord estuvo en el ejército, sobre el papá de Riley e, incluso, sobre la chica que los dos habían intentado invitar a salir en la secundaria. Definitivamente, habían mejorado su jugada desde entonces.

Para el momento en que regresamos, yo estaba relajada por completo. Incluso, me gustaba Sage. Y con respecto al Rancho Steele, no era solo ladrones espeluznantes y casas rancho vacías. Había una sensación en el lugar, algo que no podía describir, una forma de vida. Apacible, tranquilo, pero muy serio. Los hombres estaban igualmente así, como si supieran lo que podía pasar y saborearan las pequeñas cosas. Este clima espectacular era engañoso; Montana no estaba a setenta y cinco grados y soleado todo el tiempo. Había peligros aquí de los que ni siquiera sabía. Si me perdiera, no tenía ninguna habilidad salvaje en lo absoluto y, probablemente, terminaría viviendo fuera con mi caballo como un Tauntaun de *Star Wars*.

Ese era el ridículo pensamiento en mi mente mientras cabalgábamos de regreso al establo. Cord desmontó primero, llevó a su animal al mío mientras agarró mi correa. "¿Lista para bajarte?".

"¿Cómo?", pregunté. Por primera vez él estaba más bajito y era extraño verlo inclinar su cabeza hacia atrás para mirarme.

"Debes hacer lo opuesto a cómo te subiste".

Puse los ojos en blanco, pero había visto suficientes películas de vaqueros como para saber de qué hablaba. En la vida real, estaba muy lejos de eso. "No va a salir corriendo, ¿verdad?".

Meneó la cabeza lentamente, y estaba segura de que internamente se estaba riendo de mí. "Tengo su correa. No se va a ir a ningún lugar".

Tomando mi pie del estribo, balanceé la pierna por encima y caí al suelo, pero, por supuesto, mi bonita bota roja de vaquero fue capturada. Me tomó unos segundos extra, pero finalmente fui libre. No había sido elegante, pero lo había hecho sola. Para hacerlo incluso más vergonzoso, mis piernas prácticamente se tambalearon.

"Guau", dijo Riley, acercándose y llevando su brazo a mi cintura. "Dale un minuto a tus piernas para que se acostumbren a caminar otra vez".

"En serio", respondí, sacudiéndolas. Músculos que ni siquiera sabía que tenía también estaban entumecidos o doloridos. Y mi trasero…

Riley deslizó un dedo por debajo de mi nariz. "Parece que necesitaremos buscarte un sombrero de vaquero que combine con esas botas".

Sentí el calor en mi nariz y probablemente estaba tan roja como Rudolph el reno por el sol.

Cord llevó a Sage y a su caballo adentro del establo.

"¿Crees que puedas caminar sola?", preguntó Riley después de sostenerme por un minuto. No me importaba en lo absoluto. Su aroma limpio era un recordatorio instantáneo de lo que habíamos hecho juntos y lo deseaba. A Cord también. El olor a caballo y a cuero me hicieron recordar el hecho de que no podíamos hacer nada al respecto, por ahora. No aquí. Quizás podíamos ir a la casa principal y…

No. Dios, me estaba convirtiendo en una puta mental.

Estiré las piernas y me volteé para mirarlo. "Yo… Yo lo intentaré".

A pesar de que había aflojado su agarre, no me había dejado ir completamente. "Quizás solo deba dejar mi brazo cerca de ti, por si acaso". Sonrió y supe que estaba teniendo pensamientos similares a los míos. El calor, la necesidad, casi crujieron entre nosotros. Después de un momento, empezó a moverse hacia el establo, enganchó su brazo alrededor de mi cintura tirando de mí. Lentamente, para que me acostumbrara a estar otra vez en el suelo.

Cord llevó a los animales a la parte de atrás donde eran

cepillados y cuidados. Con él estaban Jamison, Archer y Sutton. Me presentó otras dos manos. Patrick y Shamus.

"Señora", dijo el rubio.

Como todos los demás, Patrick llevaba unos vaqueros y una camisa de botones, aunque él tenía una camiseta de la universidad.

Debían de tener unos diecinueve o veinte años y me decían "señora". Dios, no me veía tan mal después de montar, ¿o sí? Me pasé la mano por el cabello inconscientemente.

Jamison comentó que estaban trabajando en el rancho por el verano y eran estudiantes universitarios en la universidad del Estado estudiando ciencia animal el resto del año.

"¿La pasaron bien?", preguntó Sutton, mirándome con preocupación. No lo había visto desde la otra noche cuando le disparó al intruso, pero no parecía que le hubiese afectado. Aunque era difícil saberlo. Siempre estaba muy serio. Como si le hubiesen pasado cosas malas en el pasado. Estaba contenta de que tuviese buena puntería.

Me aparté de Riley y me acerqué a Sutton. "Quería agradecerte. Lo que hiciste... por mí. Dios, tendrás que vivir el resto de tu vida sabiendo que mataste a alguien. Y por mí. No sé qué decir porque es tan...".

Sutton me extendió una mano y dejé de hablar. "No hay de qué. Pero no es necesario".

"Pero *mataste* a alguien".

Asintió cortante. "Lo hice. Lo he hecho. No fue el primero y sabía cuáles eran sus intenciones...".

Miró a Archer, el cual tenía una mano en la base de su pistola. Parecía que era como un hábito por donde puso la mano, no como si estuviese planeando dispararle a alguien.

"Un hijo de puta menos en el planeta", dijo Sutton. "El trauma por lo que pasó podría sacudirte en cualquier momento. Deja que tus hombres cuiden de ti".

Mis hombres. Riley vino a mi lado de nuevo. "No le va a pasar nada a ella".

La comisura de la boca de Sutton se levantó. Era la sonrisa más grande que le había visto. "De seguro que sí. ¿Qué te pareció montar a caballo?", preguntó, cambiando de tema. No parecía gustarle ser el centro de atención, y tuve que dejar pasar el asunto. Era lo que él quería y tenía que respetarlo.

"Fue genial... hasta que desmonté". Me obligué a no caerme hacia atrás y a no frotar mi dolorido trasero.

"Mientras más lo hagas será más fácil". Sage estará aquí cada vez que quieras. Solo déjanos saber a alguno de nosotros y te ayudaremos a ensillarla. Iremos contigo también, así que no estarás sola".

"Oh, um, eso estaría genial. Estaba pensando que solo necesitaba mi propio Chico Explorador".

"Dulzura", dijo Cord, haciendo que me volteara. "Soy un Águila Exploradora".

"De seguro que lo eres", murmuré, sonriendo. Podía verlo como un adolescente en el desierto cazando alces con un arco y flecha hechos en casa y cocinándolos en el fuego al aire libre hecho por él mismo frotando dos palos entre sí.

"Disculpen que rompa toda la diversión, pero hemos tenido ventaja", dijo Archer al grupo.

"Vamos a llevar esto afuera", dijo Riley, tendiéndole la correa de su caballo a Patrick y tomando mi mano. Shamus tomó el control de Sage y del caballo de Cord, y volvimos afuera hacia el aire fresco.

Nos quedamos de pie con Jamison, Sutton y Archer. La mano de Riley estaba en mi cintura —era como si fuese atraída ahí una y otra vez por un imán— con Cord a mi lado. Jamison se apoyó contra la parte exterior del establo.

"La policía de New Jersey envió el expediente de Dwight Sampers. Es tan largo como la mier...—, lo siento, Kady. Es bastante largo. Robo, asalto grave". Sus labios se juntaron en una línea delgada. "Violación".

Mi corazón dio un salto. Violación. Todos los músculos de los hombres se tensaron, como si la palabra les hubiese afectado a ellos tanto como a mí.

Miré a Sutton. Vi que prácticamente estaba vibrando de rabia y fui hacia él, tomé su mano. Era grande y estaba tibia, aunque muy rústica y con callos. Sus ojos grises miraron a los míos. "No estoy segura de decir esto en frente de Archer, pero me alegra que le hayas disparado al tipo".

Escuché la risa de Archer detrás de mí. "Estoy contento de que le haya disparado al tipo también. Estoy, incluso, más feliz porque haya muerto. A pesar de que es un montón de papeleo, es un hijo de puta menos... lo siento, un imbécil menos...". Archer cerró los ojos. Obviamente, no podía moderar sus palabrotas.

"Está bien. Era un imbécil", aclaré mientras lo miraba por encima del hombro.

"Un chico malo menos", finalizó Archer. "Samper recibió un depósito en su cuenta bancaria la semana pasada por poco menos de diez mil dólares".

"El SII no ha notificado si es menos de diez grandes", dijo Jamison y todos lo miramos. No se había movido de su lugar contra la pared.

"Es cierto. Era una transferencia bancaria", añadió Archer. "Creemos que fue su pago por venir tras de ti. Así que tiene sentido que nunca hayas escuchado sobre él ya que solo era el hombre del gatillo. En cuanto a Briggs, bueno, tendremos que ver cómo está conectado".

"Espera". Mi cerebro se detuvo al escuchar el nombre. "Oh, Dios mío. ¿Briggs?", pregunté.

Archer se animó con mi tono e, incluso, Jamison se acercó.

"¿Lo conoces?", preguntó Archer.

"Ese no es el chico…".

"He escuchado ese nombre…".

Mi hermana se casó con David Briggs".

Cord, Riley y yo hablamos a la vez y Archer levantó la mano. "Esperen. ¿David Briggs es tu cuñado?".

"Eso parece". Me encogí de hombros. "Mi hermana, Beth, me llamó esta mañana. Dijo que se había casado hacía dos días. Arrojó el nombre del tipo. ¿Cómo lo *conocen?*".

"La cuenta bancaria que le transfirió el dinero a Sampers está a nombre de David Briggs". Archer permaneció quieto, mirándome de cerca. "¿Entonces nunca lo has visto antes?".

"No. Como dije antes, nunca había escuchado el nombre hasta que me llamó Beth".

"¿Supiste algo de él?".

"Nada".

"¿Dónde se conocieron?", Archer se llevó las manos a la cintura.

"Rehabilitación".

Compartí la historia de Beth con las drogas finalizando su estadía; luego, su salida de Nuevos Comienzos.

"Escuchamos parte de la llamada", añadió Riley. "La doctora no podía decir nada sobre Briggs. Confidencialidad del paciente. Pero sí nos dijo que él se dio de alta de las instalaciones un día antes que la hermana de Kady". Se detuvo por un momento y cuando habló otra vez, su voz era diferente. Más oscura. "Todo estaba planeado".

Levanté la cabeza. "¿Qué? ¿Qué estás diciendo, que David Briggs le pagó a alguien para que me matara? ¿Por qué? Dios, ¿Beth está en peligro?". Ella estaba usando drogas otra vez, desequilibrada y sola —y casada— con alguien que parecía quererme muerta. Alguien despiadado y astuto. Beth debe de haberse metido en las partes más oscuras de la vida al usar drogas, porque por culpa de esto todavía era ingenua en algunos aspectos. Crédula.

"¿Tienes un testamento, Kady?", preguntó Jamison.

Parpadeé. "Sí, por supuesto".

"Oh, mierda", murmuró Cord.

Miré entre todos ellos. "Me estoy perdiendo algo. ¿Qué es lo que no me están diciendo?".

"¿Quién es tu beneficiario si algo te pasa?", preguntó Riley.

"Beth. Cuando mis padres murieron, tenían un pequeño seguro de vida y la casa quedó a mi nombre. Como Beth tenía dieciocho en ese momento, ellos no habían actualizado su testamento y todo quedó a mi nombre".

"Tuviste que ser su guardián hasta que fuese mayor de edad", dijo Riley.

"Es correcto. Querían asegurarse de que permaneciéramos juntas. Pero desde que cumplió dieciocho, nada de eso importó. Excepto que no tenía nada. Paranoica por lo que pasó, hice un testamento que aseguró la casa y todo lo demás le quedó a Beth".

"¿Tienes algún primo? ¿O tíos? ¿Familiares de cualquier tipo?", preguntó Riley.

Negué con la cabeza. "Mis padres fueron hijos únicos y mis abuelos murieron cuando era pequeña. Solo Beth".

"Como Beth es tu única pariente viva, automáticamente se convertiría en la beneficiaria de tus bienes si algo te pasara, con testamento o sin él. Pero cuando se casó…".

Riley no terminó.

Di un paso atrás, luego otro. Oh, Dios. "Solo dilo". Mis labios se paralizaron; mi mente se paralizó. ¿Qué ha hecho Beth?

"David Briggs se enteró por tu hermana de tu herencia del Rancho Steele y la quiere cobrar".

12

ORD

"¿CREES QUE BETH ESTÉ DETRÁS DE TODO ESTO?", PREGUNTÓ Kady.

Yo estaba sentado en uno de los sofás de la sala de estar de la casa principal; Kady, metida en mi regazo. Se había asustado por lo de su hermana, por David Briggs. No lloró, no gritó, solo…fue hacia dentro, y eso me había asustado a mí.

A pesar de que verla llorar hubiese sido devastador, al menos estaría drenando sus emociones. Sin embargo, se cerró y eso no estaba pasando. Tomando su mano, la llevé hasta la casa. No es que estuviera menos molesta dentro de la casa en la que el intruso se había metido y había tratado de matarla, posiblemente, habiendo sido contratado por un hombre en complicidad con su maldita hermana. Pero yo quería abrazarla y no iba a hacerlo en los establos.

Me senté en silencio, sin hacer nada, excepto evitar que se

levantara cuando entraron los demás. Estaba exactamente donde quería que estuviera. A salvo. Segura y sabiendo muy bien que la protegería de todo. Nadie se le iba a acercar. Nunca.

¿Y los otros chicos? No me importaba lo que pensaran mientras la abrazaba y si tenían algún problema con eso, si no les gustaba mirarme cuidar a mi mujer, entonces que se jodieran. Los chicos llegaron y Riley tomó a Kady, asintió levemente, luego siguió a Jamison, Archer y a Sutton hacia la cocina. Los escuché abrir los cajones, el refrigerador. Archer estaba hablando por teléfono. Solo pude escuchar unas pocas palabras, pero sabía que estaba poniendo a alguien al tanto sobre lo último con Beth y David Briggs.

"¿Estás en esto? Conoces a tu hermana. ¿Qué piensas?", le pregunté. No sabía nada acerca de Beth, nada aparte de lo que ella nos había contado. No obstante, conocía a otros que estaban enganchados a las drogas, sabía el costo que tenía en ellos, en sus familias. Sabía lo desesperados que podrían volverse. Las drogas costaban dinero, y no tenía ninguna duda de que Beth ya se había gastado cualquier seguro de vida que le habían dejado sus padres cuando fallecieron. La porción de Kady de dinero Steele podría pagarle las drogas por el resto de su vida.

O a Briggs en cualquier estilo de vida que quisiera.

"Mi primera reacción es decir, por supuesto, que no", respondió después de un rato, tomándose su tiempo para pensar en ello.

No tenía ninguna intención de presionarla. Quería que expresara sus sentimientos. En voz alta. Compartirlos, para poder quitarle esa carga. Era lo suficientemente grande como para manejarlo.

"Soy su hermana y ella nunca haría algo como esto. Pero ha estado tan enojada conmigo por tanto tiempo que todo lo malo le ha pasado a ella, no a mí. Parece que no entiende que yo también perdí a mis padres. Cuando supe sobre Aiden Steele y la herencia, ella se puso *muy* molesta. Fue una prueba cruel de lo que ella había estado diciendo todo el tiempo. Yo tenía otro padre. Como si fuese muy afortunada por eso".

Suspiró, deslizó sus dedos por mi antebrazo. Su mano era tan pequeña en comparación. Aun así, era muy fuerte. Tan jodidamente fuerte. No se merecía esta mierda. Ella *podía* manejar esto. Se había cuidado a sí misma durante años, y me sentía horrible pensando en ella joven y lidiando con Beth, con su duelo. Pude haber estado ahí para ella, pero no lo hice. Era estúpido pensarlo; ni siquiera sabía que ella existía. Pero ya no estaba sola. Nunca más lo estaría.

"No es como si yo conociera a Aiden Steele y lo hubiera escondido de ella en secreto. Él es solo un nombre en un pedazo de papel para mí".

"Luego fue a rehabilitación", añadí.

"Sí. Y cuando podía ir a visitarla, o cuando me llamaba, nunca salía bien. Justo como la llamada en el restaurante la otra noche. Rabia. Odio, incluso. Sin embargo, me había sentido muy feliz esta vez cuando me contó que se había casado. La escuchaste temprano. No había estado así de emocionada desde... siempre".

"Es posible que no tenga ni idea. Si este tipo, Briggs, es un sociópata, puede estar alimentándose de la debilidad de tu hermana", sugerí. "Necesidad de amor, atención".

"Su necesidad por las drogas", añadió ella.

Besé la parte de arriba de su cabeza, sentí su cabello sedoso contra mis labios. "Es una manera fácil de controlar a alguien".

Un olor a comida italiana salía de la cocina. Ajo y salsa de tomate. Deben de haber colocado en el horno una de las cacerolas de la señora Potts. Esperaba que fuera lasaña.

Archer entró, recostó su cintura contra uno de los sillones mullidos. El resto de los chicos lo siguieron, se instalaron en el área de asientos, pero Riley se sentó al lado de nosotros en el sofá, tomó los pies de Kady y los llevó a su regazo.

"David y Bethany Briggs estuvieron ayer en un vuelo a Billings".

Sentí a Kady endurecerse con las palabras de Archer. Su hermana había estado aquí, pero no vino a verla. Billings estaba a unas cuantas horas, aunque no tanto como para tardar un día manejando. Si quería ver a Kady, hubiese venido. Esto solo me hacía pensar lo peor.

"Te llamó desde Montana", dijo Riley. Sus ojos agudos estaban puestos en Kady. Podía ver la rabia, la frustración ahí y en cada tensa línea de su cuerpo.

"¿Por qué no dijo que estaba en la zona?", preguntó Kady, pero era lo suficientemente inteligente como para saber la razón.

Beth me estaba gustando menos y menos con cada segundo que pasaba.

"Vienen hacia acá. Por ti. Este es el lugar perfecto para capturarlos", dijo Archer.

No había manera de aliviarle este dolor. Puede que a Archer le gustara Kady, pero era el alguacil y tenía que investigar un intento de homicidio. Con las pistas dirigiéndose justo a su hermana, era imposible suavizar el hecho de que Beth podía ir a la cárcel.

Así que solo hice lo que pude, acariciando su brazo hacia arriba y hacia abajo con mis dedos, para hacerle saber que no estaba sola, que sin importar lo que pasara con su hermana, Riley y yo estábamos ahí para ella. Los otros también.

"Estoy de acuerdo", añadió Jamison. A pesar de que el rancho no era suyo, él lo protegía, y a todos en él. "El rancho es un buen lugar para estar. Solo hay una carretera para entrar y salir. Si vienen caminando, que lo dudo, serían vistos acercándose al campo".

Continuaron hablando, tramando y elaborando estrategias.

"Tiene sentido que vengan a verme. A hacer lo que sea que haya planeado Briggs después. ¿Pero esta noche?", preguntó ella.

"No lo sabemos", dijo Archer. "Pero no vinieron a Montana de luna de miel. Basándonos en lo que han hecho hasta ahora, están impacientes. Supongo que no esperarán. Si lo hacen, estaremos vigilando mañana también".

Kady se sentó y la solté. "¿Van a tenderles una emboscada?".

Todos miraron a Kady. "Dulzura, ese hijo de puta de la otra noche, te tendió una emboscada".

"La diferencia es que solo vamos a arrestarlos, no a matarlos", confirmó Archer, mirando a Kady con precaución.

"Habla por ti mismo", murmuré.

"¡No pueden matar a Beth!", gritó, girándose lo suficiente para poder mirarme.

"No a Beth, dulzura", le dije, con voz suave considerando lo que quería hacerle al idiota de Briggs. "Nunca lastimaría a una mujer, incluso por una razón como esta. No, si está involucrada en lo que pasó la otra noche, irá a la cárcel".

"Kady, cariño", dijo Archer mientras se movió para sentarse en la mesa de café. Ella se volteó para mirarlo. "A menos que tu hermana esté apuntada por una pistola —y no parece que lo esté basándonos en lo que me dijiste de la llamada que te hizo más temprano— probablemente, sería arrestada por cómplice".

Ella asintió. "Lo sé. Tiene que ser responsable por sus acciones. Necesita aprender las consecuencias, no a ser rescatada. Y para ella, al parecer, la rehabilitación es un rescate. Atención".

Riley le dio una palmada en la pierna. "¿Estás bien con eso?".

"¿Bien?" Se movió en mi regazo, se encogió de hombros. "No realmente, pero la he respaldado lo suficiente. Como dijiste, es adulta y tengo que dejarla ir. O al menos que viva su vida. La vida que quiso para sí misma".

Archer se levantó, satisfecho. "Bien, entonces Kady se quedará aquí en la casa y…".

Kady se levantó y se llevó las manos a las caderas. "De ninguna manera. Tengo que involucrarme. Ella es mi hermana y…".

"Quiere tu atención". Sutton se inclinó hacia adelante, puso los codos en sus rodillas y habló con suficiente firmeza como para que ella se callara. "Tú lo acabas de decir. Si estás ahí cuando los capturen, la vas a rescatar. O si ella te ve, puede pensar que estás en contra de ella. Eres la víctima aquí, no ella. Así que el que tú vayas no va a pasar".

Sutton era la persona menos sutil que conocía. Era maniático. Gruñón. Rústico. A veces, me refiero. No con Kady, pero hablaba en serio con ella. Un tirador con puntería que no suavizaba ningún golpe. Y en este momento ella necesitaba eso. Puede que la haya consentido en mi regazo, pero eso era más por mí que por ella.

Los hombros de Kady se hundieron.

"Kady, mi amor, Cord y yo te necesitamos aquí", le dijo Riley. "Segura en la casa. No nos vamos a poder concentrar si tenemos que preocuparnos por ti".

Ella suspiró, le dio una mirada seria a Riley. "Sí, tienes razón. No quiero que los lastimen por mí".

"Buena chica", murmuré, orgulloso de ella por entender. Movió su mirada hacia mí cuando me levanté, me agaché y tomé sus labios para darle un beso rápido. Estaba tan orgulloso de ella. Era tan jodidamente fuerte.

Briggs iba a caer. Su hermana iba a tener que lidiar con ella. Era como pelear una guerra. El enemigo estaba identificado y teníamos una misión. Teníamos que hacer todo para protegernos. Y eso significaba ser capaces de concentrarnos. De ninguna maldita manera, iba a poder hacer eso si Kady estaba en cualquier lugar cerca de algún peligro. No podía estar distraído.

Ella se acercó, tomó mi mano, me miró, luego a Riley. "¿Volverán por mí?".

Estaba preocupada por mí. Por nosotros. La traje hacia mis brazos; su cuerpo se presionó contra el mío. Le di un fuerte abrazo, besé la parte de arriba de su cabeza. "Dulzura, cuando todo esto acabe, nunca te dejaremos ir. ¿Está bien?".

No se tardó, ni siquiera se tomó un segundo para pensar. Todo lo que dijo fue: "Está bien".

Y a pesar de que estaba listo desde el comienzo, estaba arruinado otra vez. Entonces había decidido que sería mía. Mía y de Riley. Pero ahora, estaba de acuerdo en que sea *nuestra*. Era una gran diferencia y se sintió como... todo para mí.

"Me quedaré aquí con ella", dijo Jamison. Me miró, luego a Riley. No tenía que decir nada para que supiéramos que la protegería con su vida. "Vayan a acabar con esto".

De seguro que sí. Quería a Briggs tras las rejas; a Beth, bajo rehabilitación y a Kady, en mi cama. Permanentemente.

13

ADY

"¿Muzjik? Esa no puede ser una palabra".

Miré hacia abajo a la extraña combinación de letras que estaba dando la carta triple de Jamison, los puntos de las palabras triples.

"Un campesino ruso", respondió, anotando sus puntos en un trozo de papel.

"Si eres tan bueno en Scrabble, apuesto a que puedes resolver el crucigrama de los domingos".

Jamison encogió un hombro y no me miró, pero yo tenía mi respuesta.

"Trabajas en el rancho y eres muy inteligente. ¿Qué más quieres decirme acerca de ti?", pregunté.

Estábamos sentados a la mesa de la cocina, con el juego de mesa entre nosotros. Los hombres se habían ido hacía dos horas y Jamison se tomó muy en serio su papel de quedarse conmigo. Lavamos todos los platos, horneamos *brownies* y llevamos el Scrabble al salón grande, cerca de la chimenea. En primer lugar, había asumido que el juego era para mantenerme distraída más que para otra cosa, pero Jamison era un jugador competitivo.

Él había hecho un buen trabajo distrayéndome, aunque mis pensamientos se fueron a lo que había dicho Cord.

Cuando todo esto se acabe, nunca te dejaremos ir.

Esas no habían sido solo palabras. Las había dicho en serio. Lo que teníamos no eran solo momentos divertidos. No eran solo orgasmos intensos. Era algo más profundo, más complejo y había sido así desde el comienzo. No lo llamaría amor a primera vista. No, eso era muy cliché. Era una conexión, un hueso, que era muy profundo con ellos. No podía explicarlo. Solo podía sentirlo. Dentro de mí, lo sentía en las palabras de Cord, en las miradas de Riley.

Aceptando la propuesta, fijaría mi futuro. Y con respecto a los demás, no habían dicho una palabra. No se burlaron ni hicieron bromas groseras. Ni siquiera cuando me senté en el regazo de Cord mientras hablábamos. Sabían lo que pasaba y lo respetaban. Incluso, con dos hombres deseando que fuese suya. Dos hombres. No había duda.

Quería sus besos, sus suaves —y no tan suaves— tactos

Quería sus palabras sucias. Quería sus penes grandes. Estaba empezando a pensar que eventualmente iba a querer más. Curiosamente, me gustaba. ¿Cómo no iba a hacerlo si me hacían venirme tantas veces que olvidaba mi propio nombre?

"No eres tonta", respondió, apartándome de mis pensamientos.

Se me calentaron las mejillas, pero si tenía idea de lo que estaba pensando, no lo dijo. Scrabble. Estábamos hablando de un juego de mesa, no del deseo de mis chicos de tomar mi virginidad anal la próxima vez que los viera.

Scrabble. Pensaba que jugaba decentemente, hasta ahora.

Estimulada

Ser un ratón de biblioteca había valido la pena en el pasado, pero no ahora con él.

"No me das miedo", le dije, señalándolo con el dedo. Me metí en su mirada de persona inteligente, vi la experiencia que había ahí. La vida vivida. "Toda esta tranquilidad pensativa que tienes, ¿es para qué? ¿Para mantener a las personas alejadas?".

Tenía el cabello corto, ordenado. Había destellos de plateado en sus sienes. Le calculaba más de treinta años. Pude ver un tatuaje asomándose debajo de la manga de su camisa. Era atractivo, pero de mirada dura. Fuerte como un vaquero, aunque áspero, como si hubiese vivido momentos difíciles. Sobrevivido.

"Bien. Mi trabajo es mantenerte a salvo, no hacer que me tengas miedo", agregó.

Puse las palmas de mis manos en la mesa, me incliné hacia adelante. "Eres un grandote suave".

Se le levantó una ceja, la que tenía una cicatriz.

"No le digas a nadie".

Sonó el teléfono de Jamison indicando que era un mensaje. El teléfono estaba al lado de su brazo derecho, sobre la mesa. Lo puso cerca, leyó la pantalla.

"Están en la comisaría. Se acabó".

"¿Los agarraron?".

"Sí. Los van a interrogar, pero Archer quiere que estés ahí".

La adrenalina se disparó a través de mí. Estaba contenta de que estuvieran bajo custodia policial, pero estaba preocupada por Beth. Sin importar lo que dijera o aquello que los demás intentaran decirme, amaba a mi hermana y me preocupaba por ella. Esto no iba a desaparecer sin importar lo que ella hiciera. La *amaba*. A pesar de sus acciones.

Sin embargo, sus acciones fueron las que la pusieron en la cárcel y era el momento de averiguar las razones. Tenía que llegar al fondo de todo esto.

Me puse de pie; mi silla se deslizó por el piso de madera. "Vámonos".

Treinta minutos después, caminé hacia la estación de Barlow, con Jamison a mi lado. Sentía una mezcla de emociones. Emocionada por ver a Cord y a Riley, saber que no estaban lastimados. Nerviosa por ver a Beth, no estaba segura de cómo se iba a comportar. Asustada por escuchar las intenciones de David Briggs. Pero, aunque podían estar en la cárcel, no había conclusión. Todavía.

Cord y Riley estaban hablando con Sutton, no obstante, cuando me vieron, lo dejaron atrás. Y como la primera vez que los vi, mi corazón dio un salto.

Riley se acercó para abrazarme, luego me dio un beso rápido antes de pasarme a Cord para que hiciera lo mismo. Sus tactos, sus aromas eran tranquilizantes. Maravillosos. Ahora no era el momento de ponerse sensible.

"Jamison dijo que están bajo custodia".

"Tu hermana está en una sala de reuniones y Briggs está en una celda", dijo Riley, señalando con la cabeza a los lugares que asumía era donde los tenían.

"¿Se acabó así sin más mientras jugábamos Scrabble?".

Riley sonrió, miró a Jamison el cual estaba de pie dentro de la entrada. "¿Scrabble, eh?".

"Gracias por venir, Kady", dijo Archer, acercándose a nosotros. Aquí en la estación él fue más imponente, más oficial. A pesar de que no tenía duda de que él tenía experiencia con todo tipo de crímenes, Barlow no era

Filadelfia. Tener a alguien que había contratado para que asesinara no era algo que pasaba todos los días.

"Pensaría que hubiesen querido ver mi espalda. Cambié las estadísticas del crimen de la ciudad en los pocos días que he estado aquí".

Él sonrió. "Es cierto. Pero Barlow sería aburrido sin ti. También estos dos". Miró intencionalmente a Cord y a Riley.

"¿Qué necesitan que haga?", pregunté, tratando de hacer su vida más fácil. No tenía duda de que tenía toneladas de papeleo que hacer antes de poder irse a casa. Ya eran más de las diez e iba a ser una larga noche.

"El señor y la señora Briggs no son unas mentes despiadadas. Los capturamos fácilmente, solo encendimos nuestras luces y los atrapamos.

"¿De verdad?", pregunté. "Me había imaginado granadas y disparos o algo parecido".

Cord se rio. "Definitivamente, ves mucha televisión o necesitamos sacarte de Filadelfia lo más pronto posible".

"Briggs es un sociópata, de eso no hay duda", continuó Archer. "Él no creía —no cree— que haya hecho nada malo, que estaba en todo su derecho de venir a Montana y conocer a su nueva cuñada. Los verdaderos criminales se esconden de los policías. Solo los locos creen que no pueden ser capturados. Briggs nos dejó un camino muy claro para que lo siguiéramos, para vincularlo fácilmente con el crimen. Lo mismo sucedió con tu hermana. Demonios, se casó con ella. La confirmación de la transferencia al tipo muerto. Boletos de avión a Montana; incluso, un automóvil rentado con un GPS que lo llevaba a la carretera hacia el Rancho Steele. Odiaría ser su abogado de defensa".

"¿Y Beth?", contuve la respiración.

"Parece que solo es como un peón en todo esto, pero necesitaré tu ayuda para hablar con ella y averiguarlo. Aunque tampoco es inocente".

"¿Puedo verla?", levanté la mirada hacia Riley y Cord. "¿Estaría eso bien?".

"Me gustaría que lo hicieras. A tu hermana de alguna manera... le lavó el cerebro Briggs. Necesita rehabilitación, Kady, como ya sabes. Puede que la ingrese en un programa de drogas en la cárcel".

Asentí. "Quieres que vea la verdad sobre Briggs".

Me miró fijamente. "Lo sé. Es la única forma de hacer que se recupere. Cuando hables con ella, no va a ser bonito. Va a estar molesta contigo. Aparte de heredar el dinero, ella fue arrestada cuando venía a verte. Ella y su esposo ahora están en la cárcel —separados— una vez más por ti", continuó Archer. "Ella está consumiendo, Kady. Todas las señales están ahí, y no sé cuándo necesitará hacerlo otra vez".

"Entiendo". Ya había pasado por esto antes, había reconocido las señales. Sabía lo que pasaba.

"Estaré contigo en la habitación", continuó Archer. "Tus hombres pueden mirar desde mi oficina. No quiero que estén ahí. No quiero que ella sepa nada de ti aquí. Sobre Cord y Riley. Tienes lo que ella desea. Un hombre, dos hombres que te aman. En vez de eso, ella tuvo a Briggs. Lo tienes todo, Kady".

Miré a Riley y a Cord. Sí que lo tengo todo.

"Está bien".

"Ahí hay un espejo así que Cord y Riley pueden mirar".

Esta confrontación con Beth se había ido formando con los años. Nuestra relación, lo que quedaba de ella, dependía de ese resultado. Sabía que tenía que estar preparada para marcharme, para dejar ir a Beth, para seguir con mi vida. Ella era tóxica —y peligrosa para mí— y, a menos que obtuviera ayuda y cambiara su estilo de vida, no podía estar cerca de ella. Solo tenía que ser lo suficientemente fuerte para lo que sea que pasara.

Sin embargo, con solo ver a Riley y a Cord delante de mí,

valientes y fuertes, sabía que podía manejarlo. Ya no estaba sola. Podía enfrentar esto, o cualquier otro problema porque ellos estarían conmigo. A mi lado.

"Estoy lista".

"Ten esto en mente", empezó Archer. "Briggs va a desaparecer por un largo tiempo. Décadas, si no es toda la vida. Así que lo que sea que escuches, lo que sea que pase después, él no tendrá acceso a Beth. Debes saber que no volverá a molestarte otra vez".

Después de esas severas, pero reafirmantes palabras, Archer me guio a una habitación pequeña, que usaban para reuniones o trabajos grupales, pero que funcionaba, además, como un salón para interrogatorios. La única señal de eso era una barra de metal que estaba colocada permanentemente a la mesa donde las esposas aseguraban las muñecas de Beth. Ella levantó la mirada cuando entré; sus ojos se ensancharon en sorpresa.

Donde yo tenía el cabello rojo, como nuestra madre, ella heredó el cabello negro de su padre. Cabello negro, ojos oscuros. Sus únicas facciones de porcelana eran con manchas y grises. Su cabello estaba corto, justo por encima de sus hombros. No llevaba maquillaje y tenía una camiseta negra sencilla. No podía ver la mitad más baja de su cuerpo para saber qué más traía puesto.

"Kady. Dios, ¡sácame de aquí!".

Tiró del brazalete, haciendo que sonara el metal. "Ellos se equivocaron. Yo no debería tener esposas. Haz algo".

"¿Qué dijeron que hiciste?", pregunté de forma natural, sacando la silla enfrente de ella, tomando asiento. Coloqué los brazos sobre la mesa, puse la mentalidad neutral que usaba cuando tenía que lidiar con un padre loco en las conferencias de padres y maestros.

"¡No lo sé!". Nadie me dice nada. Solo hemos estado dos

días en Montana y todo lo que hemos hecho es venir a visitarte. ¿Dónde está él? ¿Por qué no estamos juntos?".

"Él está en una de las celdas de la cárcel. Este lugar es muy pequeño".

Se relajó al saber que estaba cerca. "Él es hermoso, ¿cierto? Las mujeres del avión lo miraban y estaban celosas. Escupiendo celos de mí. *¡De mí!*".

"Cuando llamaste esta mañana dijiste que se conocieron en Nuevos Comienzos".

"Era el destino". Suspiró, con los ojos derretidos. "Estábamos en un grupo juntos".

"¿Por qué él estaba ahí?".

Se encogió ligeramente de hombros, se miró las uñas. "Drogas. El juez —soltó la palabra como si fuera veneno— lo dejó ir. David dijo que había sido incriminado, que tenía que estar ahí por seis meses porque alguien le puso heroína en su auto. ¿Puedes creer la forma en que lo trataron?".

¿Seis meses de rehabilitación en vez de años, quizás décadas en prisión por posesión? Tuve que preguntarme qué había dicho para hacer que el juez fuera tan… flexible. Según la evidencia que Archer mencionó que tenía en su contra, dudaba que pudiera deshacerse de estos cargos pasando un tiempo en unas instalaciones de rehabilitación que no fuesen de seguridad.

"Ya no importa porque David está bien y decidió abandonar el lugar". Tiró de un pedazo de carne de su dedo y tuve que apartar la mirada.

"Bueno, cuando nos comprometimos".

"Suena muy romántico". No lo era, pero tenía que decir lo que quería escuchar para mantenerla feliz. Y quería que estuviera feliz por ella. Algo más y explotaba. Lo había visto suficientes veces como para saber cómo caminar por este campo minado.

Se metió las manos en el regazo, me miró y sonrió,

derretida como una colegiala de séptimo grado con su primer amor. "No fue amor a primera vista ni nada, sino cuando nos conocimos... guau. Fue como si realmente quisiera saber sobre mí. Él *escucha*. O sea, ¿qué chico quiere escuchar una historia tan jodida como la nuestra?".

"¿Sabe sobre mamá y papá?".

"Por supuesto", replicó, como si yo fuera una niñita. "Él lo sabe *todo*. No tenemos secretos".

Ese era el enlace que estaba buscando. Dirigí la mirada hacia Archer, quien estaba recostado contra la pared, de brazos cruzados. En silencio. Jamison y él se parecían.

"Por supuesto que sabe de mí".

"Tú *eres* mi hermana". La expresión de su rostro gritaba "*dah*".

"Y mi viaje a Montana".

"La primera vez que me contaste me molesté. Estaba muy molesta. O sea, descubriste que tienes un padre que nunca conociste y que te dejó una herencia de millones. Y parte de un rancho. Eso es tan injusto. Nunca nadie me dio nada".

"Mamá y papá te dieron dinero para que fueras a la escuela". No mencioné que le pagué otros cuatro períodos en rehabilitación y que, gracias a eso, estaba pagando una segunda hipoteca con el salario de un profesor. Incluso, le había dado la ropa que traía puesta un invierno.

Puso los ojos en blanco. Había golpeado un nervio con solo mencionar a nuestros padres. "Pagaron el primer año y mira lo que pasó. Murieron".

"Beth, ellos no murieron porque fuiste a la escuela. Murieron en un accidente horrible. El dinero todavía seguía ahí, para la escuela. Ellos te lo *dieron*".

Se frotó la nariz con el dedo.

"¿Qué hiciste con eso? ¿Con tu dinero para la escuela?", indiqué.

Volteando la cabeza, no me miró. "Ya no quiero hablar de

esto. Quiero que venga mi abogado para que me permita hacer una llamada".

Archer ni siquiera parpadeó con su tono áspero.

"¿A quién llamarías?".

Presionó los labios. "Te llamaría a ti, pero ya estás aquí. Así que sácame de aquí".

"No".

Ya está. Lo dije.

Tres… dos… uno.

"¿No? ¡No! ¿Kady, es en serio?". Tiró de un pedazo de piel en su dedo, lista para menear los brazos, hacer una escena y recibir toda la atención y simpatía que quisiera.

"¿De qué está siendo acusado David Briggs, oficial?", pregunté calmada.

"Intento de homicidio, solicitud para llevar a cabo un homicidio y otras cosas".

Beth se calmó, parpadeó.

"¿Asesinato?", dijo gritando. "¿A quién mataría David? Ha estado en rehabilitación y luego conmigo. Creo que lo sabría si mi esposo hubiese intentado matar a alguien".

"*Intento* de homicidio".

"Intento. Está bien, entonces la persona está viva. Sin daño no hay culpable".

"¿No quieres saber a quién quería matar?", pregunté.

Se encogió de hombros.

"A mí".

Su boca se abrió y me miró fijamente por un minuto. "¿A ti?". Lucía sincera en su confusión, aunque se había convertido en una mentirosa profesional después de usar drogas.

"David Briggs supo de mi herencia gracias a tu exceso de conversación durante una de sus reuniones en la rehabilitación. La quería. Se casó contigo, contrató a alguien para que me matara y así tú, mi beneficiaria, lo heredara todo". Nada de esto estaba comprobado, pero todos sabíamos que era verdad. Solo necesitábamos saber si Beth estaba involucrada.

"Espera... espera", dijo, levantando su mano libre.

No esperé y seguí hablando.

"Como tu esposo, lo que es tuyo es de él, especialmente, porque no hubo separación de bienes".

"De ninguna manera". Meneó la cabeza frenéticamente. "David nunca haría eso. Él no es así. Estás equivocada, Kady. Solo no puedes soportar verme feliz, que tenga un hombre guapo que me ame. Los celos te hacen ser egoísta y pensar estas mierdas".

"Entonces, ¿por qué estás aquí?".

"¿En Montana? David quería conocerte".

"David quería terminar lo que el asesino que contrató no pudo. Por eso es que hizo que me llamaras el otro día, para confirmar que de verdad estaba en Barlow. El tipo al que le pagó para que me matara se metió a la casa esa noche. Y esta mañana te pidió que me llamaras, ¿verdad? No porque quisiera que me dieras la noticia de tu matrimonio, sino para saber si yo estaba viva o no".

Todo eso salió de mí. Tenía demasiado sentido. Todo esto.

"No te creo".

Me levanté. No tenía nada más que decir. No me iba a creer. No a su hermana. No, ella iba a creer las mentiras que David Briggs le había metido en la cabeza. Era ingenua, vulnerable y como dijo Archer, le habían lavado el cerebro.

"No tienes que creerme. Alguacil, ¿estaría bien si Beth escuchara mientras tú hablas con David Briggs?".

"Eso se puede arreglar".

Con eso me fui. Beth estaba sola. Por mis palabras, Archer fácilmente podía ver que ella era solo una cómplice involuntaria. Pero ella necesitaba saber la verdad sobre el hombre con que se había casado e iba a tener que aprenderlo por las malas.

Las consecuencias eran una mierda. Pero no podía salvar a Beth de ellas. Ella estaba sola.

Mientras caminaba hacia la puerta, mis hombres estaban ahí, llevándome hacia sus brazos. Dios, olían bien. Se sentían bien. Tan grandes, tan fuertes. Tan *míos*. Tenía a Cord y a Riley. Ya no iba a estar sola.

14

ILEY

"¿Ustedes creen que yo tuve algo que ver con esto?", preguntó David Briggs, con su voz clara a través de la corneta.

Nos quedamos de pie en la pequeña oficina una vez más, esta vez con Kady. Me paré detrás de ella, puse una mano en su hombro mientras observábamos a Archer hablar con el imbécil. El abrazo que estábamos compartiendo no era suficiente. Solo mirarla con su hermana..., demonios, había sido rudo. Era obvio el tipo de mierda al que su hermana la había sometido. La falta de apreciación, el egoísmo. Había querido entrar y abrazar a Kady y asfixiar a Beth con la misma intensidad. Pero Kady se había desenvuelto sola. Era tan jodidamente fuerte, pero eso no significaba que no quisiera cargarla en mi hombro, sacarla de la estación e ir a casa. Nuestra casa. No al Rancho Steele. El hogar de Kady estaba con nosotros. La quería desnuda y debajo de mí. No, desnuda y entre Cord y yo. Nuestros penes enterrados, haciéndola verdaderamente nuestra. Probándole que nos había juntado, nos había convertido en una familia. Los tres éramos una.

Un poco cursi, sí. No me importaba. Mi papá encontró al amor de su vida con mi mamá. A pesar de que era joven cuando ella murió, los recordaba juntos. La conexión, la devoción. Ellos eran el ejemplo que yo usaba para lo que debería ser esto. Y a pesar de que compartir a Kady con Cord estaba completamente fuera de las reglas, seguía siendo lo mismo. Yo era devoto a ella. La protegería con mi vida. Yo… yo la amaría por el resto de mi vida.

Toda esta mierda con Briggs y su hermana sacó eso a relucir. No quería perderla y tan pronto como termináramos aquí, lo demostraría.

"Ella es una drogadicta", continuó Briggs, apartándome de mis pensamientos. "Beth está desesperada y con una hermana rica, era una forma fácil de preparar el siguiente paso".

Archer había dejado hablar a Briggs en los últimos minutos, como el buen policía que era. Dejando que Briggs se relajara, que siguiera pensando que su mierda no apestaba, dejando que se atrapara a sí mismo con sus propias palabras. La aseveración de Archer había sido cierta. Él era un sociópata peligroso que mentía fácilmente para quitarse la culpa de los hombres. Solo podía imaginarme las veces que lo había hecho antes.

El arresto había sido fácil. Demasiado fácil. No estaba seguro de qué esperar, pero después de que se metiera un tipo a la casa principal e intentara matar a Kady, me había imaginado armas. No esperaba algún tipo de amabilidad como Kady había dicho. Mínimo pistolas paralizantes. Pero no. Uno de los comisarios vio su carro rentado, el que tenía un alerta. No era muy difícil ser visto por aquí.

Especialmente, por la carretera del condado camino al Rancho Steele. Ese camino servía a camionetas dobles o duras, no a autos de dos puertas con tracción trasera.

Primero, estaba contento de que el comisario lo capturó. Cord quería matar a Briggs. Al igual que los otros. Yo también. Pero quería al hijo de puta tras las rejas, no a ninguno de mis amigos por matarlo.

Cuando llegamos, los dos, la hermana de Kady y Briggs estaban de pie, esposados. Sin balas. Demonios, Briggs ni siquiera había tenido una bala sobre él. Archer dijo que había una en su maleta, pero no estaba en ningún lugar conveniente como para usarla en ese mismo instante.

No había sido peligroso. No era como si hubiéramos dejado venir a Kady de todas maneras. Y ahora Briggs estaba escupiendo mierda y Beth se quedó parada justo enfrente de las ventanas, con sus muñecas esposadas juntas; su boca, abierta en un silencio aturdido. Nunca hubiese imaginado que eran hermanas. Medias hermanas. Mientras Kady era vibrante y llena de vida, Beth era monótona en comparación. Ella era unos cuantos centímetros más baja con cabello oscuro, de cuerpo delgado. Era obvio que había vivido una vida difícil. Se veía… desgastada. Y escuchar a su nuevo esposo tenía que golpearla fuertemente. Había sido estafada y estafada de modo muy duro. Él había usado su necesidad de amor y eso me hacía sentir un poco mal por ella. Solo un poco.

"Así que lo planeaste todo", dijo Archer.

"¿Yo?", Briggs se señaló a sí mismo, luego se rio. Incluso, se inclinó hacia atrás en su silla, estiró las piernas a lo largo, enfrente de él, como si estuviese en un bar, no en la cárcel. "Es Beth. Ella es la loca. Ella habló sobre la herencia de su hermana y se me acercó".

Si yo fuese mujer, pensaría que es atractivo, y pude ver por qué Beth se enamoró de él. Sus ojos y cabello oscuro combinados con la personalidad sociópata prácticamente podían hacer que a cualquier mujer se le bajaran las bragas y arriesgaran las fortunas de sus hermanas. Pero también era engreído y un total imbécil. Casi miró a Archer por debajo de su nariz, como si él fuese superior y el alguacil del pequeño pueblo le iba a creer con su pequeña charla y él sería libre.

"¿Ella te apuntó con una pistola cuando se casaron?", preguntó Archer.

Briggs estudió al oficial por un momento, evaluó la conversación y respondió adecuadamente. "Unas pocas palabras y ella abrió las piernas. Si quería matar a su hermana, no tenía problema con eso. Yo estaba feliz de ayudarla a gastar el dinero. ¿Asesinato?". Se encogió de hombros. "Todo lo planeó Beth".

"No. Dios. No", murmuró Beth. "Eso no es cierto. ¡Nada de eso es cierto! No sabía nada sobre eso. ¡Él está mintiendo!".

Beth estaba llorando. Fuertemente. El comisario se acercó, apagó el sonido de la otra habitación porque eso fue más que suficiente para ver al verdadero hombre con quien se casó. Estuvo mal. Jodidamente mal. Briggs haría lo posible para librarse de todo, incluso, echándole la culpa a Beth. Puede que él fuese un drogadicto también, pero su cabeza estaba funcionando muy bien. Tuve que suponer que tenía algo de dinero con el que alimentaba su hábito y se mantenía lejos de ser un desesperado. Y para mantenerlo fuera de la cárcel. Esto no evitaba que fuese codicioso, sin embargo.

"Vas a ir a la cárcel, Beth", dijo Kady, con su voz suave, pero ecuánime. "Puedes escoger si quieres ir a una rehabilitación en prisión o a una celda. Depende de ti. Estás por tu cuenta".

El rostro de Beth miraba hacia abajo, hacia sus muñecas esposadas o al suelo. Lágrimas corrían por sus mejillas pálidas.

Estimulada

"Te quiero", añadió Kady. "Siempre lo haré, sin importar lo que hagas. Pero ya no te puedo proteger. Si decides darle un vuelco a tu vida, limpiarte de las drogas de una vez por todas, ya sabes dónde encontrarme. Justo aquí en Barlow".

Beth solo asintió, pero no levantó la mirada. Ni siquiera tuvo la decencia de disculparse por lo que había hecho, por lo que casi le habían causado sus acciones a su hermana. Hasta que no estuviera limpia y mirara a Kady a los ojos, aceptara lo que había hecho y se disculpara, no iba a volver a su vida.

Quizás Kady pensó eso también, porque no dijo nada más. Se volteó y tomó mi mano. "Ya terminé aquí".

Es cierto. Se había terminado. Todo esto. No tenía duda de que Archer continuaría interrogando a Briggs y, oficialmente, presentaría cargos en su contra antes de que pasara mucho tiempo. No necesitábamos quedarnos y escuchar. ¿Y en cuanto a Beth? Su hermana siempre sería una tensión para Kady. También si iba a la rehabilitación en prisión, Kady seguiría preocupándose. Ese era el tipo de mujer que ella era, aunque iba a dejar de hacerse responsable por ella y era hora de seguir adelante. Con nosotros.

La llevé afuera de la oficina, era de noche; Cord venía justo detrás de nosotros. Era tarde, casi medianoche. Las estrellas eran como una cobija contra el cielo teñido de negro. Todo estaba tranquilo. A pesar de que el aire estaba genial, no hacía frío. Una noche perfecta.

"Los amo", dijo Kady. No, lo soltó, como si lo hubiese estado aguantando por mucho tiempo y solo se le hubiera escapado.

Cord se congeló. Tiré de su mano para que girara y me mirara a los ojos. Incluso, bajo las tenues luces de estacionamiento era muy hermosa.

"¿Qué?", pregunté, a pesar de que lo había escuchado la primera vez.

Me miró, luego a Cord, se llevó el cabello detrás de la oreja.

"Los amo". Esta vez las palabras fueron dichas con menos convicción y con un poco de duda.

"Dulzura, lo sabemos", dijo Cord.

"¿Lo... lo saben?", frunció el ceño.

Él le acarició la mandíbula, frotó su pulgar sobre su mejilla. "En todo lo que haces o dices. En la forma en que nos miras. La forma tan hermosa en que te entregas a nosotros".

"Completamente", añadí. "No dejas nada atrás".

Era cierto. Ella amaba con todo su corazón y nosotros éramos dos locos suertudos de tenerla. Por eso era tan jodidamente aterrador. Teníamos su frágil y perfecto corazón en nuestras manos.

"¿Es cierto lo que dijiste?", preguntó Cord. "¿Que estarás aquí en Barlow?".

Ella asintió. "Sí. Dios, sí. Ya no hay nada para mí en Filadelfia. Me había quedado con la casa de mis padres porque ese siempre había sido mi hogar, pero sin ellos, sin Beth, no es lo mismo. Y Beth... bueno, no estará ahí. Obviamente. He sido afortunada con mi empleo, pero puedo enseñar en cualquier parte".

"Archer mencionó que tenían una vacante en la escuela", le recordé, sintiéndome más esperanzado con cada segundo.

"Me gustaría echarle un vistazo. Me gustaría quedarme".

"¿Con nosotros?", añadí.

Puso los ojos en blanco. "Por supuesto, con ustedes. Nadie más me ha dado una joya".

"¿Quieres una joya brillante en tu dedo que combine con la que conseguimos para tu trasero?".

Se rio, luego se detuvo rápidamente. Fue con calma. "¿Eso fue una propuesta?".

"Eres nuestra, Kady. No necesitamos un anillo para saber eso", le dije, mirando alrededor. "Pero si nos vamos a declarar, no va a ser en el estacionamiento del departamento del oficial".

"Creo que justo aquí es perfecto", respondió, con voz entrecortada. "Algo que contarles a nuestros nietos".

Cord lucía como si hubiese sido golpeado por un camión Mack.

"¿Quieres hijos?", le preguntó él.

"Sí".

"¿Ahora?" Era como si el camión Mack se estuviera aproximando rápidamente hacia mí porque todo lo que salía de su boca me sorprendía cada vez más.

Ella inclinó la cabeza hacia un lado, se mordió el labio. "Bueno", respondió, llevándolo a sílabas largas. "Quizás no esta noche, ya que estarán, um…follando mi trasero en vez de mi vagina".

El camión Mack me pasó por encima. *Joder.*

Nos miró fijamente, esperando que respondiéramos. No podía. Mi cerebro, literalmente, había hecho cortocircuito. Nos amaba, quería casarse con nosotros y dejarnos poner un bebé en su vientre. Oh, y que folláramos su virgen trasero.

Funcionaba para mí.

CORD

Gracias al cielo que estábamos en el pueblo y no afuera del rancho. Porque cuando cargué a Kady a la camioneta de Riley, la alcé hasta el asiento de enfrente y le puse su cinturón de seguridad, solo era un viaje de tres minutos hasta nuestra casa y otros treinta segundos para tenerla de pie enfrente de mi cama.

No habíamos dicho una palabra desde que Kady nos dijo

que quería que tomáramos su trasero. No solo eso, que quería casarse con nosotros y tener bebés nuestros. No había nada que decir, especialmente en el maldito estacionamiento.

Me puse de rodillas delante de ella y levanté la cabeza para mirarla. "Dulzura, te amo. Me enamoré de ti desde el primer segundo en que vi tu fotografía. Mi corazón ha sido tuyo desde entonces. Sé que han sido tres días desde que nos conocimos, pero a la mierda. Dijiste que nos amabas y no hay vuelta atrás".

"Aquí", dijo Riley. Los dos observamos cómo se quitó el anillo de oro del dedo meñique. "Era de mi padre. Él amaría saber que tú lo usarías".

Lo tomé, levanté la mano izquierda de Kady, lo deslicé sobre su dedo anular. Era un poco grande, pero le íbamos a conseguir un verdadero anillo de compromiso después. Algo con una jodida piedra grande. Pero conociendo a Kady, le gustaría este improvisado, solo que ajustado. Eso era lo que amaba de ella. "Cásate con nosotros".

Se formaron lágrimas en sus ojos, se deslizaron por sus mejillas. "¡Sí!", gritó, acariciando mi rostro e inclinándose para darme un beso.

Fue abrasador, caliente, con un montón de lengua.

Cuando, finalmente, levantó su cabeza, miró a Riley, fue hacia él, también lo besó. Demonios, solo mirarlos a los dos juntos me ponían...

Presioné la palma de mi mano contra mis pantalones tratando de calmar el dolor en mi pene. Estaba tan duro, tan jodidamente ansioso de estar dentro de nuestra mujer y mostrarle lo mucho que significaba para nosotros.

"¿Estás segura de que quieres que follemos tu trasero? Ese tapón ha hecho un buen trabajo preparándote, pero también tienes que estar preparada aquí arriba". Riley puso un dedo gentilmente en su cabeza.

"Lo estoy. Estoy lista. Me... me gustó el tapón y la forma

en que jugaron ahí. Me gustaron sus dedos también así que sé que me gustará algo más grande".

"No vamos a tomar solo tu trasero, dulzura", aclaré. "Tomaré ese ajustado agujero virgen mientras Riley esté enterrado adentro de tu vagina. Esta noche te tomaremos juntos".

Gimió y observé sus ojos volverse suaves con necesidad. "Sé que lo vas a hacer muy bien. Siempre lo haces".

Sonreí, mi pene se hinchó y el cavernícola dentro de mí gruñó, prácticamente. "La chica siempre se viene primero. Y más de una vez".

Riley llevó su cabello hacia atrás, deslizó su mano por su cuello y más abajo para cubrir sus senos. "Con respecto a ese bebé... sé que estás usando la píldora, así que dejarás de usarlas y veremos qué pasa. Sabemos que nuestro semen te llenará lo suficiente para lograrlo".

Se mordió sus labios brillantes, dio un paso atrás hasta que la parte trasera de sus piernas golpeó mi cama y curvó un dedo; el anillo de Riley deslumbraba en el aire.

Nos acercamos y me desabrochó los pantalones, luego los de Riley, hasta que nuestros penes estaban afuera, señalándola. Mirándonos a los dos a través a de sus hermosas pestañas rojas, suspiró: "Quiero todo ese semen. Dénmelo".

Casi me vengo ahí mismo. Demonios, nunca tendré suficiente de esta mujer. Era mía. Nuestra. Era momento de mostrarle lo mucho era para nosotros. Y si quería nuestro semen, se lo daríamos. Tanto como quisiera. Tanto como pudiera tomar. Porque a partir de ahora, éramos los únicos que íbamos a dárselo. Por siempre.

15

ADY

Yo no era espontánea. Cualquiera que me conociera en Filadelfia estaría de acuerdo con eso. Pero desde que puse un pie en Montana, era una persona nueva. Me había enamorado de dos hombres. Inmediatamente. Pasé de ser indiferente acerca de tener un bebé a desear uno inmediatamente. Me había comprometido. ¡Comprometido!

No había debatido, cuestionado, reflexionado —o cualquier palabra del Scrabble— sobre esto. Fue decidido con mi instinto, y más importante, con mi corazón. Y ahora tenía un anillo en el dedo y a dos hombres desnudándome.

"Amo este cabello rojo", murmuró Riley, mientras se arrodillaba y me besaba los pies justo en las plantas. Mi clítoris justo debajo de sus labios, hormigueaba y palpitaba, ansioso por ser el siguiente. Las manos que tenía en sus hombros se movieron a su cabello y lo guie hasta allá. Vi su anillo en mi dedo, supe que no era solo un jugueteo salvaje.

Nunca lo había sido. Ni siquiera esa primera noche en el porche. Esto era para siempre. Escuché caer al piso la ropa de Cord, su tintineante cinturón mientras se deslizaba.

"¿Quieres algo?", preguntó Riley, iluminando su tono de broma.

"Tu boca", murmuré, mirando hacia abajo en dirección a sus ojos pálidos.

Cord se acercó por detrás de mí, se sentó en el borde de la cama y acercó sus manos para tomar mis senos. Estaba rodeada por hombres. Justo como dijeron que estaría. Pronto tendría sus penes dentro de mí. Hasta entonces, me sentiría vacía.

"¿Dónde?", continuó Riley.

Gemí mientras me daba otro beso, esta vez en el interior de mi muslo, haciendo que me abriera más.

"En mi clítoris", dije con voz entrecortada.

Tan pronto como Riley dejó de burlarse de mí y puso su boca justo donde quería, Cord tomó mis pezones con sus dedos y tiró de ellos, los pellizcó y jugó. La combinación me hizo cerrar los ojos, poner la mente en blanco. Sentí los labios de Cord besarme hacia arriba y hacia abajo de mi columna, y la boca tibia y húmeda de Riley continuaba estudiando cada centímetro de mi vagina.

Todo lo relacionado con Beth desapareció. No completamente, lo que había pasado no se podía olvidar, pero me había dado cuenta de que todo lo que podía hacer era quererla. Nada más. Y que lo podía hacer sin importar sus elecciones.

Así que era hora de seguir adelante con mi vida y eso significaba, al menos, por el resto de la noche, ser bien follada por mis hombres. Cuando Riley deslizó un dedo dentro de mí, lo curvó perfectamente hacia mi punto G; di un grito fuerte. Justo ahí.

"Dios, nunca antes había estado así".

Riley sacó su dedo y lo lamió. Mientras lo hacía, me miró, con ojos entrecerrados, con su boca brillante con mis fluidos. "¿Cómo así?", preguntó cuando se chupó el labio.

"Tan fácil de venirme. Fue como, ¿qué?, ¿treinta segundos?".

Cord me agarró por la espalda para que me sentara en su regazo, con mis piernas sobre las suyas. Podía sentir los cabellos suaves de su pecho contra mi espalda sudada.

"Dulzura, fuiste hecha para nosotros. Conocemos tu cuerpo, sabemos lo que necesita, lo que te excita". Su mano fue alrededor de mi cintura y mientras abría más sus piernas, se separaron las mías así que estaba completamente expuesta. Su mano se deslizó entre mis muslos separados y sobre mis escurridizos —y sensibles— pliegues y un dedo se deslizó hacia adentro. "Lo que te hace venirte. Mi turno".

Movió su mano suavemente, su altura acariciando mi clítoris, tan sensible por la boca de Riley. Riley todavía estaba de rodillas, observando. "Puedo ver cómo tomas el dedo de Cord de modo bonito y profundo. Mi pene va a estar en su lugar muy pronto".

Riley se puso de pie, pero no quitó la mirada mientras se desnudaba. Mantuve los ojos abiertos, observé su cuerpo fuerte y musculoso expuesto un centímetro a la vez. Y su pene se balanceaba hacia mí, estaba ansioso y listo; el glande chorreando líquido preseminal como si no pudiera contenerse un segundo más.

"Eso es, dulzura. ¿Lo ves? Las pelotas de Riley están tan llenas de semen que no se pueden contener. Tómalo con tu boca. Chúpalo".

Me lamí los labios con la idea de sentir esa dura longitud adentro de mi boca, sentir su calor y su sabor. Riley se acercó, agarrando la base y poniendo el glande suavemente en mis labios.

Abriendo mi boca, lo tomé, pasé mi lengua por todo su

glande, lamiéndolo. Su sabor salado hacia que se me hiciera agua la boca por más. Gemí cuando Cord empezó a follarme con el dedo otra vez.

A pesar de que intenté hacerlo lo mejor que pude, no podía concentrarme en hacer un buen trabajo chupando el pene de Riley porque Cord me llevó justo al borde, luego acabé. Grité alrededor de la sensación del pene grueso en mi boca.

Riley dio un paso atrás abruptamente, puso su mano en mi cabeza sacando mi boca de él. "Demonios, Kady, eso fue increíble, pero quiero mi semen dentro de tu vagina".

"Pásame el lubricante", dijo Cord.

Riley caminó al vestidor, agarró el pequeño contenedor con tapa en el cajón y lo trajo. Su pene ahora era una ciruela oscura y brillante por mi boca; la vena que recorría su longitud palpitaba. Debajo, sus pelotas colgaban grandes y pesadas, una visión obvia de su virilidad, con la cantidad de semen que sabía que me iba a llenar pronto. Desbordándose a su alrededor y por mis muslos.

Escuché que quitaron la tapa del lubricante y el sonido resbaladizo de Cord poniéndose un poco en sus dedos justo antes de que los sintiera en mi entrada trasera. Por la forma en que estaba sentada en su regazo, estaba toda abierta para él, incluso así.

"Córrete hacia adelante. Buena chica. Sí. Deja que entre mi dedo. Respiré. Justo así. Oh, ¿sientes eso?".

Gemí. Por supuesto que sentí su dedo dentro de mí. El lubricante hacía que el dedo se deslizara y, como me había acostumbrado al tapón, mis músculos se relajaron con facilidad por su entrada. Inclinándome hacia atrás, puse mis manos en sus muslos, con los pelos pequeños punzantes haciéndome cosquillas en las manos.

"Otro dedo. Un poco más de lubricante. Tan ajustado.

Estimulada

¿Sientes cómo me estoy deslizando hacia adentro y afuera? Pronto ese va a ser mi pene. Oh, ¿te gusta?".

El ardor, un poco quemante, un pequeño indicio de dolor se mezclaba con el placer más intenso de todos los tiempos. Quizás era porque ya me había venido dos veces, pero solo me ponía ansiosa de venirme otra vez. Sensaciones diferentes esta vez. Más oscuro. Más íntimo. Sentí como si me estuviera ofreciendo a ellos completamente.

Ellos veían todo. Lo sabían todo.

No tenía idea de por cuánto tiempo había jugado Cord conmigo, pero me preparé. Perdí la noción del tiempo, solo me rendí ante las sensaciones. Una vez más, Riley estaba de rodillas delante de mí, acariciando suavemente mi clítoris con su pulgar. Si cerraba los ojos, ni siquiera hubiese notado que lo hacía. Sin embargo, era suficiente para hacer que el placer fuese, incluso, mejor. Las sensaciones las reconocí: la estimulación del clítoris, mis paredes internas palpitando por tomar un pene profundo, todo mezclado con mi nuevo interés en tener otro que estirara y sondeara mi virgen trasero.

Gemí cuando Cord me sacó los dedos. Más lubricante, más sonidos húmedos mientras se cubría el pene libremente, a pesar de que no podía ver lo que estaba haciendo.

"Llegó el momento". La voz de Riley me hizo abrir los ojos, mirando esos pálidos ojos. "¿Estás lista? ¿Lista para que te hagamos nuestra?".

Asentí, mi cabello largo pegado a la piel húmeda de mi nuca.

La mano grande de Cord se deslizó por mi espalda, inclinándome más. Riley se acercó y me besó, tragándose mis gemidos y jadeos mientras Cord instalaba su pene en mi orificio trasero preparado y levantaba mis caderas, poniéndome cuidadosamente de espaldas y sobre él. El glande apretaba y presionaba, descendía y ascendía hasta que finalmente dejé escapar el aire, me relajé lo suficiente para que entrara.

Grité contra los labios de Riley y se quitó. Observó mi rostro mientras Cord tomaba mi última virginidad. El pene de Cord era mucho más ancho que sus dedos, y ajustaba. Estando abierta sentí su entrada como una mezcla entre incomodidad y un placer increíble.

Cuidadosamente, lentamente, siguió su camino cada vez más profundo, saliéndose, luego entrando otra vez hasta que, eventualmente, me senté sobre sus muslos una vez más. Ahora estaba empalada. No podía moverme, menearme o siquiera levantarme. Apenas respiraba.

Las manos de Riley estaban entre mis piernas otra vez, su pulgar acariciando mi clítoris en círculos. Grité y Cord gimió. "Mierda, se acaba de apretar alrededor de mi pene tan ajustadamente".

"Imagina lo que se sentirá cuando esté dentro de ella también. ¿Lista para los dos?".

Asentí, tratando de respirar lenta y calmadamente.

"Buena chica".

Cord me enganchó un brazo, una mano grande cubría mis senos mientras me empujaba de vuelta hacia él. Se tomó su tiempo, se movió lentamente para que pudiese ajustarme a la forma de su pene en mi culo. Con un control experto, se puso completamente de espaldas, tomándome con él, con nuestras rodillas encimadas y nuestros tobillos fuera del borde de la cama. Mi cabeza se recostó en el hombro de Cord.

Riley dio un paso entre mis muslos abiertos, se inclinó hacia adelante y puso su mano al lado de mi cabeza en la cama. Agachó la mirada para verme.

"Mi turno".

Levantó sus caderas, encontró mi vagina y se deslizó profundamente en una lenta y larga embestida.

Estimulada

"Oh, Dios. Oh, mi Dios". Las palabras seguían cayendo de mis labios mientras me llenaba. Se sentía ajustado, tan ajustado con dos penes. Nada que hubiese sentido antes. Cada terminación nerviosa rodeada por un pene grueso.

Y como si eso no fuese suficiente, la mano que le quedaba libre a Riley cubrió mi seno, pellizcó el pezón.

"¿Estás bien?", preguntó.

Miré su cara de preocupación, miré la forma en que su mandíbula estaba apretada, cómo se contenía. "Sí. Necesito... necesito que se muevan".

Sonrió entonces. "Sí, señora".

Se retiró cuando sentí las caderas de Cord empujar hacia arriba. Un golpe pequeño, pero suficiente para hacerme jadear.

"Todo lo que tienes que hacer es sentir y venirte. Cuando quieras y las veces que quieras".

Las palabras de Riley fueron el toque final. Solo gemidos y jadeos, suspiros y gritos de placer fueron liberados.

Sí que me vine. No podía hacer nada más, capturada entre hombres. Protegida, abrigada. Amada. Complacida.

Les di todo y, en cambio, ellos me dieron los mejores orgasmos de mi vida. Di mi último grito, y me quedé sin huesos mientras me follaban. Sentí el pene de Cord profundamente dentro de mí justo antes de que empujara una vez más, para quedarse quieto después. La caliente sensación de su pene grueso adentro de mi trasero se armonizó con los fluidos de Riley que me llenaron la vagina.

Me reverencié con el hecho de que les proporcionaba tanto placer que los hacía perder la cabeza, que eran llevados por instintos masculinos básicos para alcanzar su alivio, para llenarme con su semen, para que pudiéramos hacer un bebé.

Quizás no esta vez, pero pronto.

Una vez que me recuperé, Riley enganchó su brazo a mi

espalda y me levantó, sacándome cuidadosamente del pene de Cord.

"Un baño primero, Kady, luego puedes dormir".

No me quejé. Estar en sus brazos se sentía bien. Estar debajo del rocío tibio, sintiendo cuatro manos bañarme y calmarme se sentía todavía mejor. Y cuando estaba seca y bajo las sábanas, un hombre a cada lado de mí, sabía que la vida no podía ser más maravillosa.

"Ustedes siguen diciendo que les pertenezco", dije. Tenía los ojos cerrados y estaba haciendo revelaciones en esa tranquila calma antes de dormir. Las endorfinas de después del sexo se bombeaban a través de mi sangre.

"Sí nos perteneces", dijo Cord, su tono no rompía argumentos, especialmente después de lo que hicimos. Estaba dolorida y sensible, pero era un recuerdo delicioso del amor de ellos por mí. De lo que yo había hecho para mostrarles a ambos mi amor.

"Jodidamente cierto", dijo Riley.

"Bueno, entonces ustedes son míos. Los dos. Ustedes me pertenecen".

Sentí una mano acariciándome el cabello mientras sucumbía al sueño. Antes de que lo hiciera, escuché las palabras murmuradas: "Sí, señora".

CONTENIDO EXTRA

No te preocupes, ¡hay más del Rancho Steele por venir!

Pero ¿adivina qué? Tengo contenido extra para ti. Descubre cuál hija perdida llegará después...y un poco de amor extra de Cord y Riley para Kady. Así que regístrate en mi lista de correo electrónico. Habrá contenido extra especial para cada libro del Rancho Steele, solo para mis suscriptores. Registrarte te permitirá saber sobre mi próxima publicación tan pronto como esté disponible (y recibes un libro gratis... ¡uau!)

Como siempre... ¡gracias por amar mis libros y las montadas salvajes!

http://vanessavaleauthor.com/lista/

¿QUIERES MÁS?

¡La serie del Rancho Steele continua con *Domada*! ¡Lee el primer capítulo ahora!

JAMISON

Observé a los patrones llegar y abandonar el Silky Spur. Estando de pie, bailando toda la noche en el bar local a las afueras de la ciudad, el lugar tenía vida. A diferencia de todos los demás que se acercaron pensando en divertirse, yo luché contra ello. No, luché contra mí mismo porque *ella* estaba ahí. Y yo ignoraba que mi pene, que descansaba abajo entre mis muslos, estaba dolorosamente duro y sin la esperanza de que se bajara. Si escuchara lo que quería esa cabeza, estaría metido dentro de ella hasta las pelotas. Pero yo no vivía por lo que mi pene quería —ya no tenía diecinueve años— hasta ahora. Hasta *ella*.

La había visto entrar con Shamus y Patrick y otros pocos del rancho hacía poco más de una hora. Sí, yo la estaba acechando, pero ella necesitaba a alguien que la cuidara. Que la protegiera. En comparación con algunas de las mujeres que llevaban pantalones, cortos que apenas les cubrían el trasero, y camisas pequeñas, ella estaba vestida modestamente con una falda de mezclilla, botas de vaquera y una blusa occidental.

No importaba si usaba eso o un saco. Podía imaginarme cada centímetro de su cuerpo. Un bulto pequeño y voluptuoso. Solo importaba que nadie más veía toda esa perfección. Apreté el volante; mis nudillos se pusieron blancos, sabiendo que golpearía a cualquier tipo que le pusiera un dedo encima. Excepto por Boone. Quería observarlo poner sus manos por toda ella.

Demonios. Me senté en el estacionamiento, haciendo nada. Habían pasado tres días desde la primera vez que vi a Penélope Vandervelk, la segunda hija y heredera Steele en llegar a Montana, y desde entonces, no había pensado en nada más sino en ella. Su largo cabello rubio. Lo pequeña que era. La parte de arriba de su cabeza, de seguro, no pasaba de mi hombro. Ojos azules. Y esos senos y ese trasero. Para alguien tan pequeño, tenía más curvas que una carretera en las montañas. No había duda de que ese monte de venus sobrepasaría las palmas de mis manos y sus caderas… eran perfectas para agarrarla y sostenerla mientras la follara desde atrás.

Gemí dentro de los confines de la cabina de la camioneta. La deseaba con una desesperación que nunca había experimentado. Había visto lo rápido que Cord Connolly y Riley Townsend se habían enamorado de Kady Parks. A pesar de que no me había reído por lo repentino, por la intensidad de su conexión, sin duda alguna, había dudado que alguna vez eso me pasara a mí. Estaba tan jodidamente equivocado. Demonios, estarían riéndose de *mí* ahora mismo si supieran lo que estaba haciendo. De nuevo, con un pene tan duro como una viga de acero.

¿Quieres más?

Quería a Penélope. Mi pene —y mi corazón— no tendrían a nadie más. Ahora no veía a otras mujeres. Demasiado altas, demasiado delgadas, demasiado… lo que sea. No importaba. Ellas no eran *ella*.

¿La peor parte? Tenía veintidós. Dios, yo era dieciséis años más viejo. *¡Dieciséis!* Lo suficiente para saber más que solo ensuciarla. Y lo que quería hacerle la pondría muy sucia. Debería dejarla en paz. Dejar que encontrara a un chico de su edad. Oh, sí. Aunque ningún chico joven conocería el camino hacia una vagina aplicando algún tipo de destreza. Se estaría perdiendo lo que Boone y yo podíamos darle, lo que se merecía. Y, aun así, sabía que estaba mal. Por eso era que estaba en Silky Spur con Patrick y Shamus. Ellos todavía estaban en la universidad, nacieron en la misma maldita década. Al igual que los otros del rancho con los que estaba. Ellos la habían invitado a bailar. Un grupo de chicos interactuaban unos con otros para encontrar el modo de acercarse a ella. Solo el pensamiento de uno de ellos tocándola —demonios, incluso, pensar en alguno metiéndose entre esos muslos exquisitos— me hacía poner jodidamente rojo.

Boone y yo éramos los únicos que veríamos esos senos, que lameríamos sus pezones para luego probar su miel dulce y pegajosa directamente desde su fuente. Para escucharla gritar nuestros nombres mientras se viniera. Para que exprimiera mi pene y sacara cada gota de semen de mis pelotas.

Demonios, sí. Y cuando me sacara todo, la observaría tomar su turno con Boone porque un pene duro no sería suficiente para ella. No iba a ser capaz de caminar apropiadamente y no recordaría ni su propio nombre.

Y por eso es que estaba aquí. Me había contenido lo suficiente. Mi pene decía "ve por ella". Mi mente decía "apártate". Hasta ahora. Deberían darme una maldita medalla por contenerme por tanto tiempo. Tres días fueron una jodida tortura. Ya no más. El propio pensamiento de ella, bailando y meneando ese perfecto trasero en frente de otros hombres, derrocó mi última resolución. Había estado esperando el *momento indicado* para acercarme. Treinta y ocho años. No era un rollo de una noche. No era una picazón para ser rascada. No. Esto era algo serio.

Quería a Penélope —para siempre— e iba a tenerla.

Decisión tomada, agarré mi teléfono, llamé a Boone.

"Me rindo".

Eso fue todo lo que dije, pero él sabía exactamente a lo que me refería. "Hasta que al fin sacaste la cabeza de tu propio trasero. Mi pene está asqueado y cansado de mi puño".

Parecía que había llenado nuestras fantasías en los últimos días. Mientras que Boone se había volado la cabeza con pensamientos sobre Penélope, yo me había aguantado. Quería guardarle cada gota de mi semen y me dolían las pelotas en protesta. Mi puño no iba a hacer nada. Una mirada a ella y quería venirme con ese coño ajustado y envuelto en calor alrededor de mí. Por siempre.

Boone estaba en el rancho cuando ella llegó por primera vez, cuando escaló desde su pequeño auto cargado con sus cosas. Dulce, joven, inocente. Jodidamente hermosa. Él me había dado *la mirada* y supe que había pensado lo mismo que yo. Era la indicada. Iba a ser nuestra. Como no había estado listo, luché como nunca para mantener distancia hasta una presentación básica; él había evitado acercarse a ella por más. Lo haríamos juntos porque ella pertenecería a los dos. La tomaríamos, la reclamaríamos, la follaríamos. Juntos.

Obviamente, él sabía que eventualmente me rendiría a la tentación de ese cabello rubio. Odiaba su profunda paciencia. La había odiado desde que éramos pequeños —el hijo de puta —. No me dejaba llevar por un cabello, pero en comparación a Boone, yo era imprudente y espontáneo. Por eso es que él era tan buen doctor. Pero sus palabras demostraban que no estaba tan despreocupado por ella como yo había pensado.

"Ven a Silky Spur", dije, abriendo la puerta de mi camioneta y saliendo. "Es hora de reclamar a nuestra chica".

¡RECIBE UN LIBRO GRATIS!

Únete a mi lista de correo electrónico para ser el primero en saber de las nuevas publicaciones, libros gratis, precios especiales y otros premios de la autora.

http://vanessavaleauthor.com/v/ed

ACERCA DE LA AUTORA

Vanessa Vale es la autora más cotizada de *USA Today*, con más de 50 libros y novelas románticas sensuales, incluyendo su popular serie romántica "Bridgewater" y otros romances que involucran chicos malos sin remordimientos, que no solo se enamoran, sino que lo hacen profundamente. Cuando no escribe, Vanessa saborea las locuras de criar dos niños y averiguando cuántos almuerzos se pueden preparar en una olla a presión. A pesar de no ser muy buena con las redes sociales como lo es con sus hijos, adora interactuar con sus lectores.

Facebook: https://www.facebook.com/vanessavaleauthor/
Instagram:
https://www.instagram.com/vanessa_vale_author

www.ingramcontent.com/pod-product-compliance
Lightning Source LLC
LaVergne TN
LVHW011830060526
838200LV00053B/3967